Eva von Überall

aber er sah mich nicht an

Sexueller Missbrauch
in christlichen Gemeinschaften

Herstellung und Verlag: Books on Demand GmbH
Norderstedt 2010
© Eva von Überall
Bild: Enkel von Eva von Überall (9 Jahre)
ISBN: 9783839189627

Inhaltsverzeichnis

Vorwort 7
Fakten aus meiner Familie 9
Schreiben als Selbsthilfe 12
Bedrückende Kindheit 16
Von 16 bis 31 30
Erinnerungen 48
Die 80er Jahre 67
Die 90er Jahre 83
Religion 101

In tiefer Liebe und Dankbarkeit

Für meine Tochter. Ihre Denkanstöße haben mich auf wichtige Spuren zur Lösung meiner Probleme gebracht. Ihre freundschaftliche Liebe ist für mich ständige Ermutigung.

Für den Mann, durch dessen Liebe meine alten Wunden heilen, durch dessen Humor mein Leben leicht geworden ist, durch dessen Toleranz ich mich frei entfalten kann.

Vorwort

Es war und ist ein langer Weg für Opfer sexueller Gewalt, diese Tatsache anzuerkennen. Die emotionalen und mentalen Wunden so zu behandeln, dass sie verheilen können, ist ein schmerzhafter und lebenslanger Prozess. Auf diesem Weg ist Schreiben eine Möglichkeit, mit sich selbst zu sprechen. Mit welchem inneren Empfinden etwas geschrieben wird, beeinflusst Ausdruck und Stil. Dabei entstehen notwendigerweise „Brüche", die man in einem Buch gewöhnlich lieber vermeidet.

Die Hochs und Tiefs des Opfers, die Schmerzen und Qualen, die Überlegungen und Gedanken – all das und noch viel mehr spiegelt sich in den Texten, die in einem Zeitraum von 33 Jahren entstanden sind. Diese Texte waren in erster Linie eine Selbsthilfe. Nun sollen sie dem Leser helfen, nachzuempfinden, wie sich ein Opfer fühlt, was es sich für Gedanken macht und wie es versucht, seinen Umgang mit der Welt neu zu erlernen.

Das ist besonders wichtig, wenn der sexuelle Missbrauch innerhalb einer religiösen Gemeinschaft stattfand. Die strengen Regeln und patriarchalischen Hierarchien in solchen Gruppen sind immer sektiererisch. Diese Machtstrukturen begünstigen und decken die Täter. Opfer bleiben meistens ungehört und verbergen ihre Erlebnisse vor Anderen.

Die Geheimnisse müssen endlich aufhören, denn sie belasten das Opfer lebenslang. Wenn viele Menschen erfahren, wie sich ein Opfer fühlt, können sie vielleicht Verständnis und Mitgefühl entwickeln. Das ist die mitmenschliche Ebene, und da gibt es den Opfern gegenüber einen großen Nachholbedarf von christlichen Gemeinschaften und der gesamten Gesellschaft.

Doch auch die Strukturen müssen sich wandeln. In diesem Fall sind die religiösen Gemeinschaften und ihre Institutionen selbst in der Pflicht: Anerkennung der Opfer, Opferhilfe, Aufklärung in jeder einzelnen Gemeinde ist die eine Seite. Der Anspruch, die einzige *Wahrheit* zu verkünden, muss ebenfalls aufgegeben werden, denn er ist überheblich, unmenschlich und lieblos. Doch solange die bestehenden

Machtstrukturen nicht mitmenschlicher Liebe weichen, ist das alles nicht genug. Demut vor Gott und Achtung vor *jedem* Menschen würde *fromme* Brüder und Schwestern endlich zu liebevollen Christen machen. Schafft endlich friedvolle Bedingungen für unsere Kinder und Enkel.

Fakten aus meiner Familie

Meine Großeltern traten um 1915 der christlichen Gemeinschaft der Siebenten-Tags-Adventisten in Nordrhein-Westfalen bei. Zu diesem Zeitpunkt hatten sie einen Sohn, meine Mutter wurde bald darauf geboren. Weitere elf Kinder folgten.

Mein Großvater hat mit seinen sechs erwachsen gewordenen Töchtern sexuellen Verkehr gehabt. Sobald eine Tochter das Gefühl hatte, schwanger sein zu können, suchte sie eine Begegnung mit einem x-beliebigen außenstehenden Mann. Vier Töchter bekamen uneheliche Kinder. Ich war eines davon.

Ich wurde nach dem 2. Weltkrieg in diese streng religiöse Familie geboren. Als ich zwischen drei und vier Jahren alt war, zog der ältere Bruder meiner Mutter zu uns ins Haus. Er benutzte mich und seine vier Töchter sexuell. Die Mutter dieser Töchter wurde von uns allen geliebt. Auch sie kam aus einer großen adventistischen Familie, die sehr angesehen war.

Ein Freund der Familie, Familienvater und Christ, besuchte meine Mutter oft und belästigte mindestens eine meiner Schwestern sexuell. Diese Schwester nahm sehr jung Rauschgift und prostituierte sich bald darauf. Ihre Kinder wurden von Verwandten aufgezogen. Sie selbst ist schon lange alkoholkrank und hat nie ein normales Leben geführt.

Als ich gerade 16 Jahre alt war, vergewaltigte mich ein junger Mann aus der Gemeinde. „Wenn man miteinander geschlafen hat, ist man vor Gott verheiratet." Diesem Grundsatz war ich treu und heiratete kurz darauf meinen frommen Vergewaltiger, dessen Mutter und Geschwister ebenfalls der Gemeinschaft angehörten.

In dieser Ehe erlebte ich fast zwei Jahrzehnte sexuelle Gewalt. Außerdem benutzte mein Mann zwei meiner jüngeren Schwestern sexuell. Ich stand dem hilflos gegenüber und fühlte mich für sein Verhalten über alle Maßen schuldig.

Als ich einige meiner Sorgen meinem zuständigen Prediger (inzwischen in Niedersachsen) anvertraute, brachte er mich mit sanfter Gewalt dazu, mit ihm sexuell zu verkehren. Er kam über einen längeren Zeitraum regelmäßig, wenn mein Mann sicher nicht zuhause war.

Als ich lange Zeit sehr krank war, suchte „die Gemeinde" (in Süddeutschland) irgendeine Schuld bei mir. Schuld galt als Ursache von Krankheit. Unter starkem Druck enthüllte ich die sexuelle Beziehung zu dem Prediger. Mit viel frommem Getue wurde mir allein alle Schuld zugewiesen. Ich musste mich reumütig vor den Ältesten der Gemeinde, dem (schuldigen) Prediger, seiner Frau und natürlich meinem Mann demütigen. Ich wurde nicht gesund, die sexuelle Gewalt in meiner Ehe hörte nicht auf, Verachtung und Demütigung durch meinen Ehemann nahmen kein Ende.

Mein Mann befriedigte auch außerhalb der Ehe seine sexuellen Bedürfnisse mit jungen Mädchen. Da er in der Gemeinde immer in wichtiger Position war, hatte er freien Zugang zu allen Kindern. Nach unserer Scheidung heiratete er eine Witwe aus der Gemeinde mit kleinen Töchtern. Er arbeitet auch im Rentenalter weiter in der Gemeinde.

Nach einem unbewussten Suizidversuch meinerseits wollten wir einen neuen Anfang machen und wünschten uns ein Abendmahl in kleinem Kreis. Man verweigerte uns das, denn ein Selbstmordversuch war eine Sünde „wider den Heiligen Geist", die wurde nicht vergeben!

Als ich nach langer Leidenszeit und weiteren Selbstmordversuchen endlich meine Familie verließ, um mein Leben zu retten, wurde wieder mir die Schuld zugewiesen. Ich wurde geächtet und verdammt und ungefragt aus der Gemeinde ausgeschlossen. Der zuständige Prediger war sich sicher, dass ich von Gott als gerechte Strafe die ewige Verdammnis erhielte. Meine Freunde aus der Gemeinde (ich hatte kaum andere) wandten sich von mir ab, als ob ich eine ansteckende Krankheit hätte. Meine Kinder wurden mir systematisch entfremdet und vorenthalten, weil ich plötzlich zu den Ungläubigen zählte. Diese Entfremdung hält bis heute an, was meinen Sohn betrifft.

Die Gemeinschaft hat durch ihre patriarchalischen Machtstrukturen die Verhaltensweisen der Täter gefördert und gedeckt. Die Opfer wurden – wie überall – zu Schuldigen und Verfolgten. Die Täter sind weiterhin geachtete Mitglieder in den Gemeinden. Die Opfer müssen sich immer noch vor den Tätern schützen, damit sie keine Verleumdungsklage riskieren.

Die Siebenten-Tags-Adventisten haben als Glaubensgemeinschaft ebenso Schuld auf sich geladen wie die großen Kirchen oder andere Institutionen. Es ist längst überfällig, dass wenigstens die Opfer gehört werden. Vielleicht sterben dann auch irgendwann die Täter aus.

… die Heuchelei muss ein Ende haben …

Schreiben als Selbsthilfe

Mit vierzehn Jahren hatte ich kleine Gedichte geschrieben, die mein späterer Mann nur belächelt hatte. Er meinte ich müsste erst einmal Literatur studieren, bevor ich es überhaupt wagen könnte zu schreiben. Nach meiner Trennung begann ich wieder zu schreiben, um meine seelischen Erlebnisse auszudrücken. Es war gleichzeitig anstrengend und erlösend. Lange wagte ich nicht, jemandem das Geschriebene zu zeigen. Ich schämte mich maßlos für alles, was ich erlitten hatte. Mit der Zeit wurde ich etwas sicherer und fasste Vertrauen. Mein Bedürfnis, mich mitzuteilen überwog meine Angst vor Ablehnung. So lernte ich langsam, mich zu offenbaren. Es wurde leichter in meiner Seele.

Seit Beginn der 80er Jahre arbeitete ich mit meinem neuen Mann selbständig als Lebensberater. Alles, was ich in den vergangenen Jahren gelernt hatte, wollte ich nun weitergeben. Wenn ich heute zurückblicke, kann ich mich nur wundern, denn ich war damals immer noch sehr krank und depressiv.

Ich hatte erlebt, wie vielfältig Menschen sind, wie viele Möglichkeiten es gibt und wie viele Dinge zwischen Himmel und Erde sind, von denen ich noch nichts wusste. All das half mir, meine anerzogenen Vorurteile abzubauen und meine Wertungen zu überprüfen.

Durch meine Arbeit mit Menschen habe ich viel über mich erfahren. Jeder Mensch, der meine Hilfe wollte, hatte gleichzeitig eine Botschaft für mich. Ich bekam wichtige Impulse zur rechten Zeit.

Indem ich viele Jahre lang Tagebuch führte, verarbeitete ich meine Erkenntnisse und Erfahrungen. Ich wurde mir meiner Gedanken und Gefühle bewusster. Enttäuschung, Resignation und Skepsis wandelten sich ganz allmählich in Vertrauen und Sicherheit.

Es hat lange gedauert, bis ich mir darüber klar wurde, was in meinem Leben schief gelaufen ist. Die frühen Anfänge zu erinnern, dauerte Jahrzehnte. Den Verlauf meiner Missbrauchs-Karriere zu erkennen ebenfalls, das erforderte Beharrlichkeit und Zeit.

Ich bewege mich auf meinem Weg zu meinen alten Wunden und Verletzungen langsam. Es war für mich eine der größten Herausforderungen nach schrecklichen und schmerzhaften Erlebnissen, mich dem normalen Alltag zuzuwenden. Die Belastungen waren enorm, weil ich auf vieles völlig anders reagierte – als erwartet wurde und als ich selbst wollte. Bei unzähligen Begebenheiten im Alltag stand und stehe ich nicht darüber, sondern mittendrin: mit meiner Empfindlichkeit, meinem Schmerz, meinen Erinnerungen, meiner Trauer.

Es ist mir immer noch ein Bedürfnis, meine Erfahrungen mitzuteilen. Vielleicht ist das noch eine späte Folge des erlernten Missionierens? Was ich auf meinem Weg erlebt und erkannt habe, gebe ich weiter, weil es mich heilt und auch andere nachdenklich stimmt oder ermutigt.

Zu meinen Texten

In allen Texten geht es immer um mich und meine Erlebnisse. Doch manchmal habe ich das Schreiben nur bewältigt, wenn ich es so schrieb, als ob jemand anders es erlebt hätte. Dadurch habe ich mir die emotionale Distanz verschafft, die ich brauchte, um den Schmerz und die Trauer auszuhalten, die bei den Erinnerungen und beim Schreiben in mir lebendig wurden.

Zu den Kapiteln: *Bedrückende Kindheit* und *Von 16 bis 31*
Diese Begebenheiten aufzuschreiben war eine Arbeit, die mich zwar anstrengte, aber ich gewann dadurch einen Überblick, sah Zusammenhänge und gewann für mich wenigstens etwas Klarheit. Doch ich schrieb diese Texte „aus dem Kopf" heraus.

Zu den Kapiteln: *Erinnerungen* und *Träume*
Die Geschichten und Träume erlebte ich emotional intensiv, und oft dauerte es Tage und Wochen, bis ich etwas Erinnertes in Worte fassen konnte, die meinen inneren Bildern entsprachen. Es war eine harte Arbeit, die mich oft an den Rand meiner Kraft brachte. Der Schmerz und das Entsetzen überwältigten mich häufig, und ich konnte nur mit größter Disziplin meinen Alltag bewältigen. Diese Texte kamen mitten aus meinem verwundeten Herzen.

Zu dem Kapitel: *Die 90er Jahre*
Endlich war ich mit einem toleranten und offenen Partner zusammen und so konnte mir nochmal vieles in mir bewusst werden. Durch unser gemeinsames Leben ergaben sich diese kleinen Geschichten oder Gedanken. Für mich waren es Meilensteine meiner persönlichen Entwicklung.

Zu dem Kapitel: *Religion*
Bei meiner frommen Vorgeschichte verwundert es kaum, dass ich mir Gedanken „um Gott und die Welt" machen musste, damit ich für mich selbst Irrungen und Wirrungen auflösen konnte. Ich wagte ganz vorsichtig, eigene Gedanken und Werte zu entwickeln, das war ein anstrengender und langwieriger Prozess.

Selbsterkenntnis

hilfloser Kämpfer, ohnmächtiger Akteur
agierender Zuschauer, wütendes Schaf
frommer Löwe, giftige Taube
eindeutiger Zweifel, glasklarer Nebel
geordnetes Chaos, alles ICH

Einsam

Hoch über der Stadt
Sitze ich in einem Turm.
Allein.

Meine Gedanken wandern
Zurück zu der Zeit
Mit den andern.

Gelebt, geliebt, gelitten
Gekämpft und gesucht
Haben wir gemeinsam.

Oder täusche ich mich?
War ich vielleicht schon immer
Einsam?

Bedrückende Kindheit

Ein schwieriger Anfang

Meine Eltern wollten heiraten. Der Termin auf dem Standesamt war auf 9 Uhr festgesetzt. Meine Mutter hatte sich ein dunkles Kleid von ihrer Mutter geändert; denn sie war inzwischen im fünften Monat mit mir schwanger. Die beiden Großmütter waren mit der Heirat nicht einverstanden. Sie trafen sich heimlich und besprachen die Lage. Mein Vater war katholisch. *Katholisch*, das war wie ein Schimpfwort für Adventisten.

So kam es, dass am Hochzeitsmorgen um sieben Uhr nicht mein Vater, sondern nur ein Telegramm von ihm kam: „Ich komme nicht." Einige Tage später trafen sich meine Eltern an der Autobahn. Mein katholischer Vater schlug eine Abtreibung vor, die meine Mutter wegen ihres Glaubens entrüstet ablehnte. Später verklagte mein Großvater meinen Vater wegen der versprochenen Heirat. Mein Vater musste 2000 Mark an meine Mutter zahlen. Nach der Währungsreform war diese Summe nichts mehr wert. Er zahlte auch regelmäßig Unterhalt für mich. Gesehen habe ich meinen Vater nie. Vor einigen Jahren sagte meine Mutter zu diesen ganzen Ereignissen: „Ich war froh, dass ich Dich für mich allein hatte!"

Ich war ein empfindliches Kind. In den ersten drei Monaten wurde ich öfters an der Brust meiner Mutter ohnmächtig. Die Ärzte wussten keinen Rat und verschrieben eine stark giftige Medizin. Mein Großvater verstand etwas davon und entschied, dass ich diese Tropfen nicht nehmen sollte. Stattdessen wurde gebetet. Wenn Gott wollte, dass ich lebte, würde es so geschehen, auch ohne die Medizin. Nach einiger Zeit hörten die Ohnmachtsanfälle von selbst auf.

Einige Zeit nach meiner Geburt musste meine Mutter einen Beruf erlernen, um für sich und mich sorgen zu können. Das verlangte mein Großvater. Ich wurde von meiner frommen, aber gütigen Großmutter versorgt. Bei ihr fühlte ich mich wohl.

Harte Zeiten

1951 heiratete meine Mutter überraschend einen Mann, der soeben aus der Fremdenlegion kam. Mein Großvater hatte ihn als Landstreicher aufgelesen und in einem Schuppen schlafen lassen. Ich verliebte mich gleich in ihn, als ich die Beziehung zwischen ihm und meiner Mutter spürte. Ich freute mich, endlich auch einen „Papa" zu bekommen. Er gab sich aufgeschlossen, ging mit in die Gemeinde, nahm Bibelstunden und wollte sich bald taufen lassen. All das stärkte sein Ansehen bei uns allen ungemein. Doch vor der Taufe musste er noch das Rauchen aufgeben.

Überraschend reiste er alleine nach Bayern und ich vermisste ihn. Meine Mutter sagte nichts und ich wagte nicht zu fragen. Nach einigen Wochen war er wieder da, stand am Zaun meiner Schule und wartete auf mich. Als er mich rief, Zigarette im Mundwinkel, war er mir irgendwie fremd. Ich sollte meiner Mutter was ausrichten, aber nichts davon sagen, dass er geraucht hatte. Ich tat, was er wollte, doch ich verstand nichts. Meine Mutter weinte, und irgendwann war Papa dann auch wieder zuhause. Er war seltsam kühl und ich konnte mich nicht so recht freuen, dass er wieder da war.

Papa ging nicht mehr mit in die Gemeinde. Meine Mutter versteinerte, wurde noch kälter und abweisender. Manchmal wurde laut gestritten, aber meistens war nur kalter Krieg. Meine Mutter weinte und stürzte sich in ihre täglichen Pflichten. Papa wechselte alle paar Wochen die Arbeitsstelle und schimpfte oft über das, was man ihm alles angetan hatte. Dann verspottete er auch unseren Glauben oder er stellte Gott selbst infrage, der offensichtlich nicht dafür sorgte, dass es uns besser ging. Solche gefühlsgeladenen Streitgespräche regten mich sehr auf und lösten unerträgliche Ängste in mir aus. Ich fürchtete mich vor Gottes Strafe für uns alle. Ich erwartete jeden Moment eine Katastrophe, die uns alle vernichten würde. Denn ich glaubte ja, was ich gelernt hatte: Gott lässt sich nicht spotten! Doch vorerst blieben die großen Katastrophen aus.

Neue Wohnungen

Meine Großeltern wichen Papa aus. Das war ein unhaltbarer Zustand, da wir in ihrem Haushalt lebten. Bald vermieteten sie uns eine ihrer Wohnungen in einem anderen Stadtteil. Die Wohnung war allerdings eher ein Rohbau. Die Wände des Schlafzimmers, zu dem eine steile „Hühnerleiter" führte, waren graue raue Steine ohne Putz und Farbe. Das Fenster dort war nur mit ein paar Steinstücken eingesetzt. An den meisten Stellen pfiff der Wind ungehindert durch die breiten Spalten.

In unserem „Wohnzimmer" wurde mit einem Vorhang die Küche abgetrennt, in der auch eine Waschmaschine oft arbeitete. Ein kleiner Ofen schaffte es nicht, uns zu wärmen und gleichzeitig die Wäsche zu trocknen. Der schwarzgraue Schimmel wuchs an den Tapeten immer höher. Meine erste Schwester war inzwischen vier Jahre alt und die kleinere zweieinhalb. Meine Mutter war wieder schwanger. Ich war nun schon zwölf und musste fleißig helfen. Oft ging ich nicht zur Schule, weil ich meine Geschwister versorgen musste. Meine Mutter war sehr elend und ich kochte und kaufte ein, wusch und ging mit den Kindern raus.

Weil Papa zu oft die Arbeitsstelle wechselte und zu wenig Geld verdiente, brachte er einen Untermieter mit. Der bekam Bett und Schrank im Wohnzimmer, spielte dort Geige oder sortierte seine Briefmarken. Zum Glück ging er tagsüber regelmäßig zur Arbeit.

Wir zogen so oft um, dass ich es nicht zählen kann. Papa gab das Rauchen nicht auf, ging nicht mehr mit zur Gemeinde und tat auch sonst nichts, was lobend zu erwähnen wäre. Er wechselte ständig die Arbeitsstelle, hielt es nirgendwo lange aus und stritt andauernd mit meiner Mutter oder mir. Er stahl Geld aus Mutters Haushaltskasse, machte überall Schulden, bekam zuhause Wutanfälle.

In der Zeit habe ich meine Mutter oft gehasst, weil sie schicksalsergeben jammerte und betete, sonst tat sie nichts. Sie ließ sich alles gefallen. Sie schützte uns Kinder nicht vor seiner Wut. Sie weinte und betete. Ihren Unmut ließ sie an uns aus. Papa nutzte es aus, dass sie ihm vergeben musste. Was immer er getan hatte, hinterher weinte er ihr was vor und bettelte auf Knien um Entschuldigung. Wenn sie nicht gleich dazu bereit war, appellierte er lautstark an ihren Glauben oder verhöhnte sie damit.

Aber ich war nicht so leicht weich zu kriegen wie meine Mutter. Ich schrie ihm manchmal etwas entgegen. Doch dadurch wurde es noch schlimmer. Dann bekam ich den Zorn von beiden zu spüren. Plötzlich waren sie sich einig, dass ich schuld war, wenn sie sich stritten, weil ich so frech und vorlaut war und gar nicht fromm.

Wir feierten weder Weihnachten noch Ostern, denn wir wollten mit den großen Kirchen nichts gemeinsam haben. Wenn Papa ausnahmsweise doch einmal etwas mitbrachte, reagierte meine Mutter ablehnend oder halbherzig und es wurde nicht schön. Es gab nie einen Weihnachtsbaum und sowieso keine Geschenke. Dazu waren wir viel zu arm. Stattdessen bekamen wir „Fresspakete" von Wohltätigkeitsorganisationen und gut meinenden Nachbarn. Von unserer Kirche bekamen wir Kleider, manchmal Fahrgeld, um den Gottesdienst besuchen zu können.

Schreibend wird mir erschreckend bewusst, wie demütigend ich das damals empfand. Wir waren die, auf die man hinuntersehen konnte. Wir waren arm und hatten einen anderen Glauben. Wir waren Außenseiter im negativen Sinne.

Rein oder unrein

In unserem Glauben gab es viele Regeln, die andere Menschen nicht ernstnahmen. Wir feierten samstags – wie Jesus – unseren Gottesdienst. Ich wurde mit einem Formular von der Schule am Samstag befreit. Schließlich lebten wir in einem Land mit Religionsfreiheit. Schon allein durch diesen „freien Tag" wurde ich in der Schule zum Außenseiter. Außerdem aß ich nicht wie die anderen.

In der Schule hatte ich Apfel oder Banane zum Margarinebrot, manchmal waren sogar Rosinen drauf. Ich wurde gehänselt und ausgelacht. Zuhause aßen wir Marmelade, Quark und Rübenkraut. Wenn es mal Käse gab, war das schon ein Fest. Oft aßen wir morgens und abends nur Haferflocken mit Milch. Mittags gab es Kartoffeln, Gemüse und viel

grünen Salat. Das schmeckte mir am besten. Doch ich weiß, dass ich oft nach dem Essen nicht satt war – egal wie viel ich gegessen hatte.
Die Speisegebote aus dem Alten Testament waren für uns gültig. (3. Mose, Kapitel 11; Gesetz über reine und unreine Tiere).Wir durften nur Fisch essen, der Rückenflossen und Schuppen hatte. Da Hering das Billigste war und wir uns edleren Fisch sowieso nicht leisten konnten, fiel mir als Kind diese Beschränkung nicht auf.

Ich war schon Ende dreißig, als ich Kaviar, Krabben, Scholle, Seezunge oder Tintenfisch entdeckte und vorsichtig probierte. Ich erinnere mich gut, dass ich mir ganz bewusst Garnelen in Schale bestellte. Ich war alleine und wollte nicht nur ausprobieren, was mir schmeckte, sondern auch meine Unsicherheit überwinden.

Bei den größeren Tieren war nur erlaubt, was wiederkäute und gespaltene Klauen hatte. Wir aßen also kein Schweinefleisch. Wöchentlich ging ich für meine Großmutter zum Metzger. Meistens holte ich Suppenfleisch vom Rind. Die Metzgerin lächelte mich an und gab mir regelmäßig ein dickes Stück Wurst auf die Hand. Ich fragte jedes Mal: „Ist das auch kein Schweinefleisch?" Sie antwortete freundlich: „Nein, das ist vom Rind, Du kannst es ruhig essen." Das tat ich mit großem Vergnügen. Doch als ich später in einer normalen Familie kochen lernte, wurde mir klar, dass ich immer Blutwurst gegessen hatte. Ich ekelte mich noch im Nachhinein, denn Blut zu essen war ebenfalls verboten. Noch heute kann ich keine Blutwurst essen, obwohl ich es ab und zu versuche. Auch mit anderer normaler Wurst habe ich so meine Schwierigkeiten. Wenn es zu rosa ist, sieht es für mich nach Schwein aus und irgendetwas in mir sträubt sich, obwohl ich weiß, dass es albern ist. Schweinefleisch und Schinken esse ich inzwischen gerne und ohne komische Gefühle.

Stummer Schrei

Ich hadere mit den Göttern
und schreie verzweifelt:
„Warum bin ich nicht wie die andern?"

Sie geben keine Antwort,
ignorieren mein Schrein.
Ich wende mich zornig ab,
verfluche sie alle.

Ohnmächtig steh ich
zwischen Himmel und Erde.
Kein Mensch und kein Gott
neigt sich zu mir.

Ein treuer Bote

Meine Großmutter hatte einige Jahre ein kleines Lebensmittelgeschäft. Wir kannten viele Leute, und ich wusste auch, wo einige wohnten. Zu diesen wurde ich, sobald ich zur Schule ging, zweimal im Jahr mit den Heften von der Gemeinde geschickt. Die Hefte sollte man für eine Mark verkaufen. So brachte man die frohe Botschaft von Jesus zu anderen Menschen. Leider wollten die meisten Menschen das Heft nicht kaufen. Ich wurde oft abgewiesen und fühlte mich als Versager.

Als ich älter war, missionierten wir mit der Jugendgruppe, manchmal auch mit dem Posaunenchor. Wir nahmen uns ganze Viertel an einem Sonntagmorgen vor. Ich habe jede Ablehnung persönlich genommen und fühlte mich dafür schuldig. Noch heute schaudert es mich, wenn ich nur daran denke.

Auch sonst wurden wir dazu erzogen, Zeugnis für unseren Glauben abzulegen. Eigentlich hätte ich jedem Menschen, mit dem ich zu tun hatte, davon berichten müssen. Doch das brachte ich nicht fertig und andere auch nicht. Aber ich litt darunter.

Umso genauer nahm ich es mit meiner persönlichen Frömmigkeit. Beten vor jeder Mahlzeit war selbstverständlich. Ein persönliches Abend- und ein Morgengebet gehörten ebenfalls zur Tagesordnung, außerdem das Lesen der Bibel und das Studieren der wöchentlichen Lektionen. Dazu gab es für jedes Vierteljahr Hefte mit vorgeschriebenen Themen. Fragen, Texte, Bibeltexte zum Nachschlagen und Platz, um die Antworten aufzuschreiben. Das machte mir meistens viel Spaß, weil ich da mit meinem Wissen glänzen konnte. Denn samstags in der ersten Hälfte des Gottesdienstes wurden diese Lektionen noch einmal gemeinsam durchgenommen und abgefragt. Ich lernte leicht auswendig und so ist es kein Wunder, dass ich in der Schule in Religion die Beste war.

Ein (str)enger Glaube

Es war für mich normal, jeden Samstag von halb zehn bis zwölf in der „Gemeinde" zu sein. Als Baby verbrachte ich den Gottesdienst auf dem Schoß meiner Mutter. Sobald ich laufen und sprechen konnte, ging ich mit in die Kindergruppe. Tante Gretchen erzählte uns dort biblische Geschichten, las etwas vor und sang mit uns. Es gab auch Malbücher mit Bildern von Kindern aus fernen Ländern. Oft hatten sie wenig zu essen und kein richtiges Zuhause, aber weil sie den richtigen Glauben hatten – wie wir – waren sie glücklich. Das sah man an ihren strahlenden Gesichtern. Ich wollte auch gerne so glücklich sein.

Obwohl wir die christlichen Feste wie Ostern und Weihnachten nicht feierten – sie waren entweder heidnisch oder katholisch – gab es auch bei uns Höhepunkte. Besonders gut gefiel es mir, wenn alle paar Jahre Bruder Reider, ein deutscher Missionar aus Afrika, kam. Er war sehr klein, und wenn er auf das Podium stieg, stellte er sich auf eine stabile Holzkiste, damit er über das Rednerpult schauen und ihn jeder sehen konnte. Er erzählte nicht nur Geschichten von den Schwarzen in seiner Missionsstation, sondern zeigte uns diese Menschen auch auf Lichtbildern. Ich war fasziniert und wollte Krankenschwester auf einer Missionsstation in Afrika werden.

Etwa ab 1958 kamen ungefähr alle zwei Jahre Prediger aus Amerika nach Deutschland. Sie hielten ergreifende Vorträge, die fließend übersetzt wurden. Wenn wir hörten, wie viele Schwierigkeiten andere Menschen für ihren Glauben auf sich nahmen, waren wir gerührt und beschämt. In solchen Momenten fühlte ich mich besonders unwürdig und schlecht. Meine Tränen kullerten unaufhaltsam. Ich wollte doch so gerne Gott gefallen und von ihm geliebt werden! Bis jetzt fühlte ich nichts von dieser Liebe und war todunglücklich.

Viele Erwachsenen weinten ebenfalls bei diesen gefühlsbetonten Vorträgen und es war selbstverständlich, dass sie öffentlich versprachen, Jesus in Zukunft noch treuer zu sein. Ich wollte das auch gerne, wusste aber nicht, was ich konkret machen sollte. Auch sah ich nicht, dass die lauten Versprechungen zu irgendwelchen Änderungen führten. Alle waren nach wenigen Stunden wieder genauso, wie sie immer waren. Ich war durch all dies sehr verwirrt und fühlte mich schrecklich unwohl. Doch es gab niemandem, mit dem ich über so etwas reden konnte. Ich fühlte mich sehr einsam, aber niemand bemerkte es.

Phantasie unerwünscht

Zu Sankt Martin oder Karneval verkleideten sich manche Kinder und ich schaute wehmütig zu. Wie gerne hätte ich mich auch verkleidet und wäre mitgegangen, wenn sie von Tür zu Tür ihre Lieder sangen und Äpfel, Nüsse oder Bonbons bekamen. Doch Verkleiden war auch verboten. Es war wie „gelogen". Ich war wieder Außenseiter und fühlte mich auch so. Später benutzte ich meine Phantasie und spielte mit anderen Kindern das englische Königshaus oder Papst Pius. Ich war am liebsten „Margret Rose" und schritt in eleganten Kleidern einher. Da diese „Kleider" niemand sah, konnte mich auch keiner davon abhalten.

Doch Phantasie war auch etwas, worüber man besser nicht sprach, das war schließlich auch nur selbst ausgedacht und also „gelogen". Dreimal nahm ich an Kinderfreizeiten teil. Außer Spiel, Sport und Spaß gab es natürlich Bibelunterricht. Aber selbst dort fühlte ich mich als Außenseiter. Ich hatte eine Reizblase und war auch sonst sehr empfindlich. Ich schämte mich, weil ich nicht unbeschwert alles mitmachen konnte. Mein Heimweh war schrecklich und ich blieb ziemlich allein.

Lesen verboten

Bis zu meinem zwölften Lebensjahr kannte ich weder Märchen noch normale Kindergeschichten. Dafür hatte ich schon oft in der Bibel und in frommen Kinderbüchern gelesen. Dann kam ich in die Klasse von meinem Lieblingslehrer. Er sorgte dafür, dass ich jeden Freitag Bücher aus der Schulbücherei bekam. Meiner Mutter war das nicht recht. All diese Geschichten waren ja nicht Wahrheit, wie die Bibel, sondern erfunden und somit gelogen. Ich las sie trotzdem mit Begeisterung, aber meist heimlich. Ich las auf dem Klo und im Bett, mit der begründeten Angst, Schimpfe zu bekommen.

Mit vierzehn hatte ich die Volksschule beendet. Durch die Hilfe meines Lehrers bekam ich eine Lehrstelle im Haushalt. Dort durfte ich Bücher aus der Bibliothek meines Chefs ausleihen. Ich las Schiller, Shakespeare und Karl May, später noch viele große Romane, die ich von Nachbarinnen ausleihen konnte. Als ich mit Anfang zwanzig schwerste Depressionen bekam, meinte meine Mutter fast triumphierend: „Das kommt von Deinem vielen Lesen!" Sie wusste ja schon immer, wie gefährlich es war, viel zu wissen und selbst zu denken. Das konnten „die anderen" – damit meinte sie die Oberen unserer Sekte – besser als wir. Die hatten sich schließlich über alles Gedanken gemacht und die Regeln geschaffen: Wir sollten uns einfach nur daran halten.

Erholung im Krankenhaus

Während meiner Kindheit war ich oft krank, was von meiner Mutter als sehr ärgerlich eingestuft wurde. So kam es auch, dass ich schon mit fünf Jahren auf meinen Wunsch hin eine notwendige Wurmkur im Krankenhaus durchführen lassen wollte. Mit elf Jahren hatte ich einen schweren Rückfall bei Windpocken und verbrachte einige Wochen im Krankenhaus. In dieser Zeit wurde mir außerdem an meinem entzündeten Mittelfinger mit einer Operation ein Nagel entfernt.

Als ich zwölf war, litt ich so stark unter Bauchkrämpfen und Rückenschmerzen, dass ich wieder für einige Wochen ins Krankenhaus durfte. Für mich war das wie Urlaub, weil ausnahmsweise andere sich um mich kümmerten. Mein schlechtes Allgemeinbefinden führte dazu, dass man mich mit viel Essen verwöhnte und mich so lange, wie eben vertretbar, dort behielt.

Auf der gleichen Station wurde drei Jahre später mein Blinddarm entfernt. Die gleiche Stationsschwester versorgte mich wieder liebevoll und behielt mich so lange wie möglich bei sich. Noch heute erinnere ich mich an Kinderlieder, die sie uns vorsang. So etwas kannte ich von zuhause nicht und es hat mir sehr gefallen, wenn die Diakonissenschwester mit uns sang: „In London brennt es, in London brennt es, da drüben, da drüben, Feuer, Feuer, Feuer, Feuer und wir haben kein Wasser."

10 minus 1 = 11

Es verging kein Gottesdienst und kaum eine andere Zusammenkunft, in der nicht für irgendwelche wohltätigen Zwecke gesammelt wurde. Obwohl meine Mutter immer zu den Armen gehörte, war es für sie selbstverständlich, außer dem Zehnten – das sind 10 Prozent dessen, was sie zum Leben bekam – Gaben für die Armen zu geben. Oft genug wurde uns folgendes „Rechenbeispiel" eingetrichtert: Wer seinen Zehnten gibt und damit einen Teil weniger hat, wird von Gott so belohnt und gesegnet, dass er in Wirklichkeit mehr hat. Die Rechnung hieß so: Zehn weniger eins sind elf! Wenn sich das im praktischen Alltag nicht bewahrheitete, dann hatte man wohl mit irgendwelchen Sünden Gottes Unwillen auf sich gezogen und wurde nicht gesegnet.

Wenn man arbeitslos, arm, krank oder unglücklich war, lag das an den eigenen Sünden. Es gab nur noch eine andere Erklärung für Unglück und das war eine besondere Auszeichnung: Gott prüft dich – wie Hiob, ob du auch wirklich treu bist. Ich fühlte mich schon als Kind oft unglücklich und verlassen. Doch ich wusste ja: Es war Gottes Art, mir seine Liebe zu zeigen. Es gab keinen Grund, damit unzufrieden zu sein.

Oft hörte ich von meiner Mutter den Bibelspruch: „Wer seine Kinder liebt, der straft und züchtigt sie" und sie bezog das auf Gott und auf uns. Ich kann mich bis heute nicht daran erinnern, meine Mutter jemals wirklich glücklich gesehen zu haben. Schicksalsergeben und mit leidender Miene kenne ich sie aus frühen Kindertagen. Später erlebte ich sie oft unzufrieden, resigniert und leicht reizbar. Ihre Unberechenbarkeit und ihr Jähzorn versetzten mich und meine fünf Schwestern oft genug in Angst und Schrecken.

Ein neuer Mensch

Im Sommer 1960 war der Weltjugend-Kongress in Zürich. Dafür hatte ich von meinem geringen Taschengeld – es gab 20 DM im Monat – gespart, was ich konnte. Den Rest gab mir meine Großmutter dazu. Ich war das erste Mal als Gast in einem anderen Land. Es faszinierte mich, den Spuren Wilhelm Tells nachzuspüren. Ich erinnere mich noch gut an eine Predigt auf der Rütliwiese zu dem Thema: „Wir wollen sein ein einig Volk von Brüdern, in keiner Not uns trennen und Gefahr! Wir wollen treu sein, wie die Väter waren." Für mich bedeutete das, meinen Glauben in Zukunft noch ernster zu nehmen, weniger zu sündigen, mehr gute Werke zu tun und anderen die Frohe Botschaft von der Erlösung durch Jesus zu bringen.

****

Bei den Adventisten wird man als Erwachsener getauft. Es war keine Frage für mich, dass ich mich taufen ließ, sobald das möglich war. Es war 1960, als ich in einem Wasserbecken in einem weißen Gewand ganz ins Wasser getaucht wurde. Es fiel mir nicht schwer, die notwendigen Bedingungen zu versprechen: Die Gebote zu halten; auch die Speisegebote, weil ja unser Körper ein Tempel des Heiligen Geistes ist; auf Alkohol und Nikotin zu verzichten; den Zehnten zu geben; anderen Menschen die „frohe Botschaft" zu bringen.

Meine Großeltern waren angereist, meine Mutter war glücklich, und ich war es auch. Ich fühlte mich wie neugeboren und glaubte ganz naiv, dass mein Leben jetzt, wo ich es ganz Jesus übergeben hatte, einfacher, leichter und glücklicher würde.

Schuldgefühle

Ich habe schon sehr früh unter Schuldgefühlen gelitten. Die meisten dieser anstrengenden Gefühle waren eher unbestimmt und hintergründig. Sie bezogen sich nicht auf bestimmte Taten oder unterlassene

Hilfeleistungen, sondern auf mein 'Sündigsein' an sich. Diese Schuldgefühle wurden durch die enge religiöse Erziehung hervorgerufen und am Leben erhalten.

„Du darfst nicht ... Du sollst nicht ... Das ist verboten ... Du musst erlöst werden ... Wenn Du Jesus nicht annimmst, bist Du auf ewig verloren!"

All diese beängstigenden Botschaften wurden regelmäßig übermittelt und verfehlten nicht ihre bedrückende Wirkung. Ich fühlte mich schuldig, schlecht, minderwertig. Ich war nicht liebenswert und wurde nicht geliebt ... weder spürbar von Gott, noch genug von den Menschen. Obwohl natürlich die Liebe Gottes ebenfalls ständig gepredigt wurde. Doch das Gefühl der eigenen Schuld war so stark und allumfassend, dass nur in sehr seltenen Augenblicken meines Lebens ein leises Gespür für die Liebe Gottes in mein Bewusstsein drängte. Doch dann kam sofort wieder der unüberwindliche Zweifel und die ständig vorhandene Unsicherheit: Hat er mich angenommen? Hat er mir vergeben? Hat er mich wirklich erlöst? Da ich es nicht fühlen konnte, wusste ich keine Antwort. Mein Glaube beantwortete mir diese Fragen nicht.

Es gab eine weitere Ursache von Schuldgefühlen. Ich hatte gelernt, dass wir in der „Endzeit" lebten. Jeden Moment konnte die buchstäbliche Wiederkunft Christi stattfinden. Damit wäre das Ende der Welt erreicht, und alle Menschen, ob lebendig oder tot, würden gerichtet. Wer dann auch nur die kleinste Sünde unvergeben mit sich herum trug, wurde nicht erlöst, sondern für ewig verdammt. Gottesferne nannte man das auch – es war eine schreckliche Vorstellung. Ein unbeschreiblicher Druck lastete auf meiner Seele, denn ich glaubte das alles. So habe ich bei jedem kleinen Streit, bei jeder noch so geringfügigen Auseinandersetzung lieber nachgegeben, nur damit ich nicht mit so einer „Schuld" herumlief. Ich lebte in ständiger Angst vor dem Gericht Gottes, obwohl ich mich doch auf die Wiederkunft Christi freuen sollte.

Eine andere innere Last machte das Leben ebenfalls nicht leichter. Wir hatten den rechten Glauben und waren verantwortlich für die unerlösten Menschen um uns herum. Jedem hätte ich von der frohen Botschaft der Erlösung sagen müssen, ständig von meinem Glauben sprechen, damit die anderen wenigstens die Möglichkeit der Entscheidung für Jesus hatten. Daran hielt ich mich meistens nicht. Und so vergrößerte ich durch Schweigen meine Schuld, denn die Menschen, die nichts von der frohen Botschaft gehört hatten, obwohl sie mich kannten, wurden mir zur Last gelegt.

Etwas verschroben vielleicht, diese Art zu denken, doch alle Religionen, die daran glauben, die einzig wahre Religion zu sein, handeln auch heute noch nach ähnlichen Grundsätzen.

Da ich mich ernsthaft bemühte, allen religiösen Anforderungen gerecht zu werden, war ich völlig überfordert. Hinzu kamen die Dinge, von denen ich selbst wusste, dass sie nicht in Ordnung waren. Als ich acht war, belog ich einmal meine Mutter wegen einer Kleinigkeit, ohne das später zu klären. Es hat mich jahrelang verfolgt und belastet.

Da ich von Kind an unter schmerzhaften Symptomen litt, fühlte ich mich später auch deswegen schuldig. Kranksein empfand ich als Strafe Gottes. Ganz naiv glaubte ich: Wenn ich alles richtig machen würde, ginge es mir gut und ich wäre gesund und glücklich!

Vernichtung

Mit kaltem Hauch
Greift Angst nach mir
Mein Herz schreit
Nach Erlösung

Ich halte still
Werde gänzlich stumm
Der Seele lauter Schrei
Lähmt mich völlig

Gedanken rasen
Suchen einen Ausweg
Doch nichts rettet mich
Vor mir und meiner Angst

Erschöpft gebe ich auf
zitternd und weinend
sinke in todesähnlichen Schlaf
voll böser Träume.

Von 16 bis 31

Die frühe Ehe 1962

Zwei Monate vor meinem 16. Geburtstag verliebte ich mich in einen charmanten jungen Mann, der nach einem Autounfall wieder bei seiner Mutter wohnte. Schon vorher hatte diese mich oft eingeladen. Sie nannte mich ihre Ersatztochter. Auch jetzt war ich bei ihr, wenn ich frei hatte. Natürlich verbrachten wir drei die Samstage mit Gottesdienst, Jugendstunde und anderen Treffen häufig gemeinsam. Fred war immer freundlich und zuvorkommend. Wir lachten viel, spielten Rommé, gingen spazieren und ich genoss die entspannte Atmosphäre.

Weihnachten besuchte Fred mich bei meiner Mutter. Ich lag mit Grippe auf dem Sofa. Er benutzte diese Gelegenheit, um meine Beine zu streicheln. Es war aufregend und schön, doch ich fühlte mich auch unsicher. Ich war kaum aufgeklärt und hatte auch Angst. Doch die Berührungen gefielen mir. Die Beziehung zwischen uns intensivierte sich. Ich vertraute ihm und erwartete nichts Böses von ihm. Schließlich war er neun Jahre älter als ich!

Als seine Mutter Monate später für einige Tage verreiste, wollten wir das Wochenende zusammen bei ihm verbringen. Ich freute mich sehr darauf und dachte an nichts Böses. Dazu war ich zu naiv. Als wir am Abend zu Bett gingen, kniete er nieder und betete laut. Das imponierte mir. Ich schlief friedlich in seinem Arm ein. Als ich aufwachte, war er über mir, ich war verwirrt, wehrte mich aber instinktiv und verzweifelt. Was immer da geschah, ich wollte das nicht! Er beachtete mich nicht, war rücksichtslos und grob. Für mich war es schmerzhaft, schrecklich und hässlich. Ich ließ es über mich ergehen, denn er war stärker als ich. So verlor ich meine Unschuld, ohne dass ich irgendetwas begriff.

Mir war völlig klar, dass wir nun vor Gott Mann und Frau waren. Es gab keinen anderen Weg als zusammen zu bleiben und so zu tun, als ob alles in bester Ordnung wäre. Als ich einige Monate später schwanger wurde, war es auch für ihn klar, dass wir heiraten würden. Seine Mutter war entsetzt, meiner war es lieber als eine Tochter mit Kind, aber ohne

Mann. Ende des Jahres heirateten wir. Ich war noch keine siebzehn. Der zuständige Prediger brachte meinen Mann dazu, sich nach unserer Eheschließung vor der versammelten Gemeinde für seine Sünde – vorehelicher Geschlechtsverkehr – zu entschuldigen. Getraut hat der Prediger uns nicht, obwohl mir sehr viel daran lag. Ich war enttäuscht und unglücklich, weil wir ohne den offiziellen Segen Gottes auskommen mussten.

Im Dezember erlitt ich eine Fehlgeburt. Der Arzt führte das auf meine körperliche Unreife zurück. Ich war nach seiner Ansicht viel zu jung, um ein Kind zu bekommen. Ich war traurig und auch einige Monate körperlich sehr geschwächt. Doch auf so etwas nahm mein Mann keine Rücksicht. Er forderte selbstverständlich alles für sich, und ich wollte es ihm recht machen.

Mein Mann hatte nach der Volksschule Elektriker gelernt. Dann ging er auf das adventistische Internat in Hessen, um Prediger zu werden. Als er den Unfall hatte, war seine Ausbildung noch nicht abgeschlossen. Doch ständige Kopfschmerzen verhinderten, dass er weiter studierte. Er arbeitete einige Monate in einer Fabrik. Dann entschied er sich neu für Gott und wurde Buchevangelist. Mit adventistischen Büchern ging er in Westfalen von Haus zu Haus. Wir wohnten in einem möblierten Zimmer auf dem Land. Wenn ich bis zu meinem vollendeten 18. Lebensjahr – trotz meiner Heirat – keinen Unterhalt von meinem leiblichen (katholischen) Vater bekommen hätte, wären wir verhungert.

Ich half der Bäuerin manchmal und bekam Buttermilch und Gemüse dafür. Außerdem arbeitete ich in einer Wäscherei an der Heißmangel. Nach kurzer Zeit wurde mir andauernd schlecht. Ich war wieder schwanger. Fred kaufte daraufhin Zeitungen und las Stellenanzeigen. Eines Tages war es soweit: Wir zogen wieder in unser Zimmer zu seiner Mutter. Er begann, für eine große Versicherung im Außendienst zu arbeiten. Alles in mir wehrte sich gegen diese Entscheidung. Doch ihn interessierte mein Gefühl nicht, er tat, was er wollte. Meine Tränen übersah er. Ende Februar 1964 wurde unser Sohn geboren, ich war gerade 18. Jetzt wurde es zu eng für uns drei. Noch im gleichen Jahr zogen wir in unsere erste eigene Wohnung.

Winter 1963

Ich hatte eine schwere Angina und bin noch sehr schwach. Der Arzt rät mir ab, aber was soll ich tun? Außer mir ist doch keiner da, der sich um die Kinder kümmern könnte! Mutti ist im Krankenhaus mit einer großen Operation und überlebt nur mit Mühe. Ich bin bei den Kindern. Ich koche, wasche, putze, beaufsichtige die Schulaufgaben, sorge für alle. Papa bringt kein Geld für die Kinder. Fred und ich kaufen mit unserem Geld das Nötigste ein, damit die Kinder zu essen haben. Es ist sehr mühsam für mich, so zu wirtschaften, dass jeden Tag etwas zu essen für alle da ist.

Enttäuschte Hoffnungen 1963

Ich war froh, dass ich einen eigenen Haushalt hatte, indem ich schalten und walten konnte, wie es mir gefiel. Ich hatte keinerlei Abneigung gegen Hausarbeit und kochte gerne. Ich richtete unsere Wohnung gemütlich ein und schmückte sie mit vielen Pflanzen. Doch es gefiel mir nicht, dass mein Mann nur zum Wochenende kam. Ich fühlte mich alleingelassen. Ehe hatte ich mir mit viel Zweisamkeit und Gemeinsamkeit vorgestellt. Doch so war es nicht.

Unsere Woche wurde durch seine Arbeit und die kirchlichen Termine bestimmt. Montags fuhr er fort, freitags kam er meistens am frühen Nachmittag nach Hause. Ich sorgte dafür, dass ich alle Arbeit getan hatte und wir unsere freie Zeit miteinander verbringen konnten. Samstags gingen wir von halb zehn bis zwölf Uhr zum Gottesdienst, Samstagabend zum Chor oder zu Besuchen bei anderen Sektenmitgliedern. Kontakte zu anderen Menschen hatte ich damals nicht. Ich grüßte die Nachbarn und war freundlich, aber als Umgang waren „Ungläubige" nicht vorgesehen.

Ich war schon als Kind viel krank. In meiner Ehe wurde es noch schlimmer. Meine Unterleibsbeschwerden hörten trotz aller ärztlichen Behandlung nicht auf. Meine Rücken- und Kopfschmerzen waren oft unerträglich. Wenn es gar nicht mehr ging, kam ich ins Krankenhaus. Meine oder seine Mutter hüteten die Kinder. Nach zwei bis drei Wochen hatte ich mich einigermaßen erholt. Kam ich nach Hause, war der alte schmerzhafte Zustand schnell wieder erreicht.

Im Sommer 1964 wurde ich wieder schwanger. Ich wünschte mir eine Tochter. Im dritten Monat bekam ich Blutungen. Mein Mann nahm darauf keine Rücksicht. Doch ich wollte das Kind und verweigerte mich – wahrscheinlich zum ersten Mal – meinem ständig gierigen Mann. Zu der Zeit war eine meiner Schwestern bei uns zu Besuch und er ging nachts heimlich zu ihr. Ich war viel zu naiv, um auch nur entfernt zu begreifen, was da vor sich ging, doch seelisch änderte sich damals etwas in mir. Meine innere Verbindung zu meinem Mann war durch seine Rücksichtslosigkeit plötzlich wie abgerissen. Ein inneres Maß in mir war bis zum Rand voll. Ich spürte es und litt, war aber unfähig irgendetwas zu verändern. Im März 1965 wurde unsere Tochter geboren.

Sommer 1965

In den Sommerferien kommen meine drei schulpflichtigen Schwestern für einige Wochen zu uns in Urlaub. Ich sorge dafür, dass sie gut zu essen bekommen, kaufe ihnen Sommerkleider im Schlussverkauf. Ich spiele mit ihnen, gehe mit ihnen spazieren und mache ihnen so gut ich kann schöne Ferien. Ich weiß ja, wie schwer sie es haben, wie duster zuhause alles ist. Und ich tue das alles auch, um Mutti zu entlasten.

Wenn keine Ferien sind, fahren wir am Wochenende oft mit unseren kleinen Kindern zu meiner Mutter. Ich schaue dann, was zu tun ist: Waschen, bügeln, Fenster putzen, im Garten arbeiten, einmachen oder was immer ich sehe. Ich tue alles, was ich kann, um für Ordnung und Entlastung zu sorgen. Dabei verlange ich auch von den Geschwistern, dass sie anpacken und mitmachen. Ich bin streng, treibe sie an, erwarte mehr Tatkraft von ihnen. Aber es ist schwer. Trotz aller Schwere gibt es auch immer wieder etwas zu lachen, zu erzählen und zu singen.

Verschlungene Pfade 1966/67

In diesem Jahr freundeten wir uns mit einigen jungen Paaren aus der Sekte an. Wir gingen ab und zu abends in eine schummrige und gemütliche Bar. Dort tranken wir Cola mit Rum und tanzten zu Beatles-Songs. Ich liebte Musik und tanzte gerne, doch tat ich solche Dinge nie mit ungetrübtem Genuss. Das schlechte Gewissen war immer dabei und verdarb mir die harmlose Freude.

Im März 1966 – unsere Tochter war gerade ein Jahr alt – zogen wir wieder um. Diesmal in das Gebiet meines Mannes, sodass er abends öfter zuhause sein konnte. Doch die Freude darüber hielt nicht lange an, denn im Spätsommer 1967 entschied er sich auf einer großen religiösen Versammlung, sein unterbrochenes Studium zum Prediger wieder aufzunehmen. Im Herbst zog er nach Hessen, wir blieben in Norddeutschland. Kurz zuvor wurde ich wieder schwanger. Von nun an kam er etwa alle sechs Wochen für ein Wochenende. Ich war wieder allein mit den Kindern, auf die ich mich konzentrierte.

Jetzt nahm mein inneres Unglück schemenhaft Gestalt an. Meine Schuldgefühle stritten sich mit Sehnsüchten und Wünschen. Ich suchte in meiner inneren Bedrängnis seelischen Beistand bei unserem neuen Prediger. Er war mir sympathisch, sonst hätte ich nicht versucht, ihm meine Sorgen anzuvertrauen. Er verführte und überredete mich, mit ihm eine Beziehung einzugehen, obwohl ich nicht wollte und das auch deutlich sagte. Nun bekam ich wesentlich sanftere Zuwendung, als ich von meinem Mann gewohnt war – doch wir sahen uns nur alle zwei Wochen wenige Stunden. Er machte mir auf eine Ehe mit ihm Hoffnung, die er nach wenigen Wochen wieder zerschlug. Finanzielle Schwierigkeiten mit seiner Ehefrau und zwei Kindern waren unüberwindlich. Ich hatte auf all diese Überlegungen keinen Einfluss. Ich fühlte mich schuldig und gleichzeitig verlassen und hilflos.

Im Frühjahr 1968 starb mein drittes Kind nur wenige Minuten nach der Geburt. Mit erbarmungsloser Wucht überschwemmten mich Schuldgefühle und ich verirrte mich für viele Jahre im Labyrinth einer schweren Depression, die mich oft an den Rand einer Psychose führte.

Vergebung verweigert 1969/70

1969 beendete mein Mann seine Ausbildung und wir zogen in eine große Stadt in Norddeutschland. Dort bekam er seine erste Stelle. Mir ging es schon vorher nicht gut. Die große Stadt machte es schlimmer. Das schmutzige Grau der Häuser schien in meine Seele abzufärben. Einige Zeit überdeckte ich meinen labilen Zustand mit Arbeit. Ich ging von 9 bis 16 Uhr in einem Arzthaushalt arbeiten, versorgte auch zu Hause alles wie gewohnt, war in der Sekte aktiv und nahm an einer Fortbildung teil.

Im Herbst 70 brachen die Ereignisse über mir zusammen. Unterleib und Rücken rebellierten; der Arzt riet mir zu einer Totaloperation. Ich ging zu einem zweiten Arzt und entschied mich dagegen. Meine drogenabhängige Schwester lebte damals bei uns, ich war völlig überfordert. Meine Mutter benutzte mich mal wieder als Sündenbock. Meine andere Schwester kam zu Besuch. Mein Psychiater hatte versucht, mich von einigen belastenden Vorschriften der Sekte zu befreien. Doch ich war nicht so schnell. Meine Migräne und meine Angstzustände wurden mit Valium erfolglos behandelt. Nach einem Streit mit meinem Mann nahm ich eine etwas größere Dosis, um endlich Ruhe zu haben. Meine Schwester rief die Polizei. Ich kam mit Blaulicht in die Klinik, sprach mit dem Arzt und hätte nach Hause gehen können. Doch ich entschied mich für die Nervenklinik, in der ich sechs Wochen verbrachte.

Ich erholte mich etwas, versuchte einiges mit meinem Mann zu klären. Beichtete – auf Anraten des Arztes – mein vergangenes Verhältnis zu seinem Kollegen und was mich sonst noch bedrückte. Fred schaffte es mal wieder, mir klar zu machen, wie schuldig ich war. Wir „versöhnten" uns, was bedeutete: Fred vergab mir großmütig und ließ mich deutlich spüren, wie sehr er auf mich herabblickte. Als Geste eines neuen Anfangs wollten wir gemeinsam das Abendmahl nehmen. Doch der zuständige Prediger verweigerte uns das. Natürlich war mir klar, dass ein Selbstmordversuch eine schrecklich große Sünde war. Aber ich wollte weiterleben und Vergebung für meine Sünden erbitten. Ich fühlte mich zutiefst abgewiesen und gedemütigt, als man mir das Abendmahl verweigerte. Mein Zweifel an der Lehre verstärkte sich. Fred teilte diese Zweifel offenbar und entschied sich in einer rührseligen Aktion dazu, auf seinen geliebten Beruf als Prediger zu verzichten!

Erst viele Jahre später, nach meiner Trennung von ihm, erfuhr ich die wahren Zusammenhänge. Er war zu einem Gespräch bei seinem Vorgesetzten beordert worden. Kinder aus dem Religionsunterricht hatten sich über seine Berührungen beschwert. Offenbar hatte er kleinen Mädchen unzüchtig unter den Rock gefasst und ähnliches. Da sein Bruder vor Jahren – in der gleichen Gemeinde – mit den gleichen sexuellen Übergriffen belastet wurde, war es jetzt für Fred besonders schwierig. In dieser Situation kam ihm mein missglückter Selbstmordversuch gelegen. Man hatte ihm das Abendmahl wegen der im Raum stehenden Vorfälle verweigert, nicht mir!

Wir lebten noch einige Monate in der großen grauen Stadt, bevor wir im Sommer 1971 nach Süddeutschland umzogen. Dort hatte ein Freund Arbeit bei einer Versicherung für Fred besorgt. Ich fand nach einigen Wochen eine Wohnung.

Die Kinder waren froh, aus der großen Stadt heraus zu kommen, und ich auch. Wir genossen die herrliche Umgebung, erkundeten Wiesen und Wälder, spielten am Fluss und beobachteten die Forellen. Wir liefen Schlittschuh auf einem romantisch gelegenen Teich und überfluteten Wiesen. Die Kinder gingen in die nahegelegene Schule. Ich wurde in den Elternbeirat gewählt, lernte ein paar normale Leute kennen. Dadurch bekam ich Arbeit. Ich nähte für wenig Geld für einen Herrenladen und für ein Dekorationsgeschäft. Als mir das zu viel wurde, ging ich wieder putzen.

Verzweifelte Unternehmungen 1972/73

Ich hatte mir immer viele Kinder gewünscht, doch ich wurde leider nicht wieder schwanger. Auch das belastete mich, denn es musste ja meine Schuld sein, anders konnte ich es mir nicht vorstellen. Nun informierte ich mich über Pflegekinder, und es dauerte gar nicht lange, bis unsere Familie durch einen Jungen, der drei Jahre älter war als unser Sohn, vergrößert wurde.

Da ich die vielen Umzüge schrecklich leid war, interessierte ich mich für den Kauf eines Hauses. Ich weiß nicht, wie ich mir das vorstellte, denn ich hatte kein Geld. Zuerst musste ich meinen Mann überzeugen und dann die Banken. Das alles gelang mir offenbar recht gut, denn im Frühjahr 1973 zogen wir ins eigene Haus. Noch im gleichen Jahr bekamen wir ein Mädchen im Alter unserer Tochter als Pflegetochter.

Gleichzeitig kam ich durch Vermittlung von Freunden zu einem Heilpraktiker, der mich behandelte. Ich schöpfte neue Hoffnung und war froh, mit Homöopathie und Akupunktur einen sanften Weg gefunden zu haben, um meine anhaltenden Depressionen zu behandeln.

Meine körperlichen Leiden nahmen kein Ende. Ambulant wurde mir ein Myom entfernt. Eine Zyste am Eierstock wurde mit Antibiotika behandelt. Eine Ausschabung wegen diffuser Blutungen hielt mich zwei Wochen im Krankenhaus. Meine gesamte Verfassung war bemitleidenswert. Rückenschmerzen, Bauchkrämpfe, Migräne und kein Ende. Die Ärzte fanden keine Ursachen und nichts half. Ich sollte zu einer größeren Untersuchung ins Krankenhaus. Stattdessen meldete ich mich in der Klinik Dr. Bruker an. Meine Mutter arbeitete dort als Masseurin. Nach drei Monaten Wartezeit wurde im Oktober ein Bett für mich frei. Ich war voller Hoffnungen auf Besserung.

Ich aß mit Vergnügen Rohkost und lernte die Sauna kennen. Ich wurde verwöhnt mit kalten Güssen, wohltuenden Bädern und Massagen. Meine Schmerzen wurden weniger, mein Unterleib beruhigte sich wie immer im Krankenhaus. Nach drei Wochen waren die körperlichen Ergebnisse schon sehr befriedigend. Doch mir ging es nun schlechter statt besser. Angstanfälle mit Migräne, Panikattacken und Todessehnsucht plagten mich in unerträglichem Wechsel. Ich bekam starke Dosen Psychopharmaka, um wenigstens das Schlimmste – einen erneuten Selbstmordversuch – zu verhindern. Ich lag apathisch im Bett, weinte vor mich hin und fühlte nichts. Oder ich war munter und ging mit anderen Patienten spazieren. Die Zustände wechselten von jetzt auf gleich und ich konnte sie nicht kontrollieren. Dr. Bruker diagnostizierte bei der montäglichen Chefvisite: endogene Depression. Ich fühlte mich gleichzeitig erschlagen und befreit! Bisher hatten die Ärzte nichts gefunden und ich befürchtete oft genug, dass sie mich für einen eingebildeten Kranken hielten. Jetzt gab es einen Arzt, der meine Krankheit und vor allem meine Zustände in Worte fassen konnte. Offenbar wusste er wenigstens, was ich durchmachte, wenn er mir auch nur teilweise helfen konnte.

Die Ärztin sprach mit meiner Mutter und meinem Mann, versuchte Verständnis zu wecken für mich. Doch das gelang nur scheinbar. Ich bekam einige Stunden Psychotherapie, die mir auf einfühlsame Art die ersten Ansätze von Verständnis für mich selbst vermittelten. Ich lernte meine Träume zu nutzen und mich mit ausgewählten Büchern zu ermutigen. Es gab keine Schuldzuweisungen. Stattdessen wurde mir gesagt, dass ich die Möglichkeit hätte, mein Leben selbst in die Hand zu nehmen. Das griff ich begierig auf und lernte, was mir so freundlich angeboten wurde. Ich blieb sieben Wochen in der Klinik bevor ich zu Weihnachten wieder nach Hause fuhr.

Schon Anfang Februar ging es mir wieder so schlecht, dass ich für weitere neun Wochen zu Dr. Bruker ging. Jedes Mal, wenn mein Mann mit mir telefonierte, hatte das katastrophale Auswirkungen auf meinen Gemütszustand. Ich wusste nicht, was da in mir geschah, und ich konnte es nicht steuern. Die beruhigenden Medikamente schwächten zwar meine Ängste etwas ab, doch konnten sie sie mir nicht völlig nehmen. Ich erfuhr, dass meine Krankheit nicht heilbar sei. Ich musste lernen, damit zu leben. Die ständigen Medikamente sollten mir dabei helfen. Als ich im April wieder nach Hause entlassen wurde, war mir klar, dass ich einiges in meinem Leben ändern müsste.

Neue Perspektiven 1974 - 76

Zuerst änderte ich unsere Essgewohnheiten. Ich machte Rohkost und Vollwertkost nach Dr. Max Otto Bruker. Das machte mir Spaß. Die Kinder aßen es nicht immer so gern, aber sie machten trotzdem mit. Wir gingen jetzt jede Woche als Familie in eine Sauna, die wir dann ganz für uns hatten. Nach kurzer Zeit war ich die Medikamente so leid, dass ich sie gegen ärztlichen Rat absetzte. Dadurch fühlte ich mich innerlich viel wohler. Außerdem hatte ich das Bedürfnis, mein Leben in Ordnung zu bringen. Ich fühlte immer noch schwere seelische Schuld auf mir lasten. Diesmal fand ich einen verständnisvollen Prediger, der bereit war, mit mir und einigen treuen Gemeindegliedern für meine Gesundheit zu beten. Danach fühlte ich mich etwas befreit und blickte mit neuer Zuversicht in die Zukunft.

Doch in meiner Ehe blieb alles beim Alten, wahrscheinlich wurde es sogar schlimmer. Wir stritten häufig. Fred war wieder viel unterwegs. Er erzählte mir von seiner seelsorgerlichen Tätigkeit für ein junges Mädchen aus einer benachbarten Gemeinde. Da klingelte bei mir das erste Mal eine Alarmglocke. Ich glaubte ihm nicht, sprach mit ihm, doch er stritt alles ab und fuhr weiter zu ihr, übernachtete dort auch gegen meinen Willen. Ich war machtlos und musste mit meinen vagen Vermutungen und verwirrten Gefühlen alleine zurechtkommen.

Ich ging wieder in einem Arzthaushalt arbeiten. Das war das Einzige, was mich mit den normalen Menschen verband und es gab mir Kraft. Doch die Last war zu schwer für mich. Noch zweimal nahm ich eine größere Dosis Tabletten. Einmal mussten sie mir den Magen auspumpen und mein Blutdruck sank bis an die unterste Grenze. Doch ich ließ mich nicht in eine psychiatrische Klinik einweisen. Ich wollte das alles in den Griff bekommen, doch ins Krankenhaus wollte ich nicht mehr!

Außerdem begann ich, Zimmer mit Vollwertkost zu vermieten. Die schöne Landschaft brachte die Leute aus dem Ruhrgebiet zu mir. Das war zwar alles mit Arbeit verbunden, aber es tat mir gut. Ich bekam dadurch ein bisschen mehr Kontakt zu der normalen Welt.

Ich arbeitete von früh bis spät, versorgte Familie und Gäste, ging vier Stunden arbeiten und einige Zeit noch zusätzlich putzen. Doch lange hielt ich das alles nicht durch. Trotzdem brachte ich immer so viel Geld zusammen, um alle Raten für das Haus pünktlich zu bezahlen. Mein Mann überließ mir immer die Finanzen und kümmerte sich um nichts. Wenn sein Gehalt nicht reichte, musste ich eben mehr putzen.

Auf jeden Fall mussten wir unseren privaten und kirchlichen Pflichten nachkommen. Was ich verdiente, ging oft gleich zur Sekte. Das wurde mir etwa ein Jahr vor meiner Trennung klar, und ich hörte auf zu arbeiten. Doch es ließ sich nicht durchhalten. Mein schlechtes Gewissen war viel zu groß, und ich machte finanzielle Hochseilakte, um allem einigermaßen gerecht zu werden.

Ich nahm Außendienstarbeit an und verdiente in kurzer Zeit eine Menge Geld. Aber ich hatte keine Erleichterung dadurch, denn mein Mann wurde für einige Zeit arbeitslos und bekam dann einen schlechteren Job als vorher. Trotz meines finanziellen Erfolges habe ich wenig davon gespürt.

Das Einzige, was mir aus dieser Zeit in guter Erinnerung geblieben ist, ist das Gefühl: Ich kann durch meinen Einsatz ein paar tausend Mark im Monat verdienen. Wenn es mir geldlich und seelisch ganz mies ging, habe ich mich daran erinnert, und es gab mir den Mut, wieder die Kraft für einen neuen Versuch aufzubringen.

Trennung 1977

Meine Ehe mit all ihren Spannungen wurde für mich immer unerträglicher. Es ergab alles keinen Sinn mehr und ich wusste nicht, wie ich noch etwas ändern könnte. Mein Mann war nicht bereit, in seinem Arbeitsbereich zu wohnen und dadurch eine zeitweilige Trennung einzuführen. Er war auch nicht bereit, mit mir aus der Sekte auszutreten, um ohne all die strengen Auflagen einen neuen Anfang zu wagen. Was immer ich vorschlug, er lehnte ab. Es gab keine Verständigung mehr und es kam nur darauf an, dass ich funktionierte. Das wurde immer schwerer, denn meine Kraft neigte sich dem Nullpunkt entgegen.

Weil ich keinen Ausweg mehr wusste, dachte ich mal wieder ans Sterben. Ich hatte mir die Kurve schon ausgesucht, in der schon manches Auto mit zu hoher Geschwindigkeit in den Wald gerast war. Doch zum Glück lernte ich vorher eine Familie kennen, die mich schätzte und die mir schnell zu Freunden wurden. Durch ihre Zuneigung fasste ich etwas Lebensmut. Auch hatten sie Arbeit für mich, mit der ich meine Familie einige Zeit über die Runden brachte.

Als sehr viel Arbeit anfiel, wollte ich einige Zeit ganz bei der Werkstatt wohnen, weil sonst die täglichen Fahrten zu weit gewesen wären. Meine

Schwiegermutter kümmerte sich um die Kinder. Mit meinem Prediger sprach ich vorher über alles und er fand auch, dass es vielleicht eine gute Lösung war, um etwas Abstand zu gewinnen.

Schon nach zwei Wochen Trennung von Mann und Kindern wurde mir erschreckend bewusst, dass ich nicht wieder zurück wollte in meine alten Lebensbedingungen. Meine neuen Bedingungen waren auch nicht rosig, aber ich spürte einfach, dass zurückzugehen mein Tod gewesen wäre, weil sich – wie in all den Jahren zuvor – nichts verändert hätte.

Mein Prediger war ebenso entsetzt wie mein Mann, als ich ihnen diese Entscheidung mitteilte. Mein Mann wollte mich wieder in die Nervenklinik bringen. In den Jahren bis zur Scheidung musste ich mich vor ihm verstecken. Meine Angst vor ihm und seinen Klinik-Drohungen war unermesslich. Ich wusste, er würde alles tun, um mich mundtot zu machen. Obwohl mir damals nur schemenhaft bewusst war, warum er mich in seinem Machtbereich behalten wollte.

Mein Prediger fürchtete um mein ewiges Leben, wenn ich mich von meiner Familie trenne. Ich sagte ihm: „Ich vertraue auf Gottes Entscheidung. Wenn er meint, ich habe das ewige Leben nicht verdient, dann nehme ich das von ihm an." „Du versündigst dich gegen den Heiligen Geist" sagte er und verließ mich fluchtartig – als ob ich eine ansteckende Krankheit hätte. Er sprach nie wieder mit mir.

Vor meinen Kindern wurde ständig für mich und meine verlorene Seele gebetet und gleichzeitig wurde ausschließlich schlecht über mich gesprochen. Das erfuhr ich von einigen wenigen Freunden, die den Kontakt zu beiden Seiten mir zuliebe aufrecht hielten. Meine Kinder wurden mir vorenthalten, bis auf einige Male, wo die Überschreibung meiner Haushälfte an ihn anstand. Da durfte ich die Kinder sehen. Ich wollte nicht, dass die Kinder in diesem Räderwerk aus Macht und Heuchelei weiter benutzt wurden und machte einen klaren Schnitt. Ich sagte: "Ich will die Kinder nicht mehr sehen" und nahm in Kauf, dass ich eine schlechte Mutter war.

Meine Kinder

Ich habe euch neun Monate unter dem Herzen getragen – und ich freute mich auf eure Ankunft. Dann wurdet ihr geboren und ihr brauchtet mich. Ich habe viel für euch getan – und noch mehr versäumt. Jetzt bin ich angewiesen auf eure Bereitschaft, mich trotzdem zu lieben.

Ihr werdet mein Fortgehen nicht verstehen – noch nicht. Ich verstehe selber nicht alles, was uns in diese missliche Lage gebracht hat. Ich wünsche, dass ihr aus allem lernt, damit euer Leben erfreulicher wird als unser gemeinsames bisher war.

Ich möchte euch dazu nicht im Wege stehen. Aber ihr sollt wissen, dass ich euch lieb habe und auf euch warte. Warten ist das einzige, was mir noch zu tun übrig bleibt. Ich hoffe auf den Tag, an dem ihr mir frei und offen begegnen könnt. Wann wird das sein?

Verzweifelt

Trauer und Verzweiflung überkommt mich, wenn ich frage: "Warum?" Ich weiß nicht, warum ich dich so lange ertrug, warum ich dir erlaubte, mich so tief zu verletzen, warum ich dich nicht sofort aufgab, als ich spürte, wie weh du mir tust. Erst jetzt spüre ich, dass ich mich mit letzter Kraft befreit habe. Und es wird mir deutlich, dass ich zum x-ten Male ein Muster wiederholte, das ich als Kind gelernt hatte, um zu überleben. Damals war ich hilflos ausgeliefert, konnte nicht weglaufen, konnte mich nicht wehren, nur aushalten und mich klein und unsichtbar machen.

Durch all die Trauer und Verzweiflung in unserer Beziehung bin ich bewusster geworden. Ich bin nicht mehr klein. Ich kann mich wehren, kann mich behaupten und kann mich trennen. Ich kann hoffnungslose Situationen beenden. Bis jetzt habe ich gekämpft, um zu überleben. Ich habe es geschafft und bin stolz auf mich. Doch jetzt will ich einfach nur noch leben.

Scheidung

Verliebt, entflammt, entzündet, verbrannt
ein Falter im Licht
verloren, enttäuscht, entsagt, verloschen
ein Feuer ohne Holz
einsam, verlassen, vergessen, entzwei
ein Ring der brach
allein, tasten, spüren, verstehen
ein Mensch der lebt

Fragen

Kannst Du begreifen, dass Liebe etwas anderes ist, als ein Gefühl für einen Menschen zu empfinden? Als sich durch unbedachtes Tun zu binden? Als nur: zusammenleben und zusammenbleiben? Als nur: gemeinsam Kinder zu zeugen? Kannst du begreifen, dass Liebe sehr viel mehr ist, als ein Verstehen in gewissen Dingen, als: ab und zu ihr etwas mitzubringen, als Einigkeit in vielen Fragen, als fröhlich sein an guten Tagen? Ich glaube du begreifst es nicht.

Vergangenheit

Schwer wie dunkle Wolken steht über all meiner Zeit,
schwer und unbegreiflich das Wort: Vergangenheit.

Alles war dunkel und trübe, getrieben, gehetzt, keine Zeit.
Es fehlten Freunde und Liebe in der Vergangenheit.

Das Leben war unerträglich bedrückend, voll Unsicherheit.
Es war erbärmlich und kläglich in meiner Vergangenheit.

Es war ein Weg ohne Ende, nur noch Tränen und Leid und lauter falsche Taten in der Vergangenheit.

Jetzt hab ich die Kette gebrochen, grad` noch zur rechten Zeit
Beginne ich zu verstehen meine Vergangenheit.

Und langsam lerne ich sehen, endlich bin ich bereit
über dem allen zu stehen: Es ist Vergangenheit.

Das Ende der Enge

1972 empfahl mir eine Nachbarin Yoga. Ich kaufte mir das Buch und begann mit den Übungen, die mir viel Freude machten. Schon bald „turnten" meine Kinder mit mir auf dem Boden herum. Meine Tochter schaffte problemlos den Lotossitz, für den ich eine ganze Weile üben musste. Ich erzählte begeistert und naiv von unseren neuen Aktivitäten in der Sekte. Jemand warnte mich beschwörend: „Davon kannst Du verrückt werden!" Doch ich beachtete es kaum, weil mir die Übungen gut taten.

Bei Dr. Bruker hatte ich meine ersten Berührungen mit esoterischem Gedankengut. Doch es brauchte noch einige Jahre, bis ich es für mich anwenden konnte. Als ich 1976 ein Buch über Reinkarnation geschenkt bekam, hatte ich solche Angst davor, dass ich es ungelesen in den Müll warf.

In vielen kleinen Schritten lernte ich normale Menschen und normales Leben besser kennen. Das alles machte mich innerlich stärker, obwohl meine Depressionen nach wie vor aktiv waren und meinen Alltag stark beeinträchtigten.

Unbekannte Wege 1978

Als ich zu meinem zukünftigen zweiten Mann zog, kam ich in eine Familie, die sich mit vielen Dingen beschäftigte, die für mich Neuland waren. Sie gaben mir gefühlsmäßig sehr viel und so bemühte ich mich vorsichtig darum, ihnen wenigstens zuzuhören.

Diese Menschen drängten mir nicht ihre Meinung auf. Sie waren tolerant und hatten Achtung vor mir. So etwas hatte ich noch nie erlebt. Ich war berührt und bewegt, ich war beeindruckt und überwältigt und ich gab mir Mühe, diese Menschen in ihrem Anderssein zu verstehen und zu tolerieren.

Oft führte mich das an die Grenzen meiner Belastbarkeit. Viele gute Gespräche musste ich abbrechen, weil mein Körper mit starken Beschwerden reagierte. Ich brauchte unendlich viel Zeit. Dass ich empfindlich war, wusste ich schon früher. Dass ich so empfindlich war, spürte ich erst jetzt. Mein Körper reagierte auf alles, was in mir vorging. Ganz vorsichtig wagte ich mich nun an bestimmte Lektüre. Ich las von Thorwald Dethlefsen „Das Erlebnis der Wiedergeburt" und „Das Leben nach dem Leben". Ich war sehr skeptisch, aber ich konnte es jetzt ertragen, dass andere Menschen, die auch nach Lösungen für sich suchten, solche Erfahrungen machten. Ich lernte, bewusst zu meditieren und innere Bilder zu sehen. Es war eine ganz neue Art, mich zu erleben und mich zu spüren.

Gleichzeitig lernte ich die mathematische Seite der Astrologie. Ich lag tagelang krank im Bett und berechnete zur Ablenkung Geburtshoroskope. Ich erfuhr einiges über Kabbalah und Tarot. Ich lernte pendeln und begriff, dass Gedanken Kräfte sind. Mit rhythmischen gedachten Buchstabenkombinationen konnte ich negative Gedanken recht bald abstellen. So hatten sie immer weniger Raum in mir.

Späte Erkenntnisse

Es hat lange gedauert, bis ich mir eingestehen konnte, dass ich durch die Sekte und die asozialen Familienverhältnisse bei Mutter und Stiefvater emotional missbraucht wurde. Die seelischen Schäden aus meiner Kindheit bestimmten die „Wahl" meines Ehepartners, der mich nicht nur emotional, sondern auch sexuell missbrauchte.

Als ich dieses Unaussprechliche nach und nach erkannte, war ich krank vor stummem Entsetzen. Ich fühlte mich enorm belastet, weil ich mich schuldig fühlte für die Erlebnisse meiner Vergangenheit. Nur ganz langsam gewöhnte ich mich an die Tatbestände und begriff, dass ich als Kind Opfer und nicht Täter war. Das entlastete mich. Doch die Sprachlosigkeit des Entsetzens steht hinter allen Worten, die mir selten meinen Erlebnissen angemessen erscheinen.

Durch meinen unbändigen Lebenswillen und mein unermüdliches Lernen wurde ich nach und nach wieder fähig, die praktischen Dinge des Alltags zu bewältigen. Ich übertrug meine Haushälfte meinen Kindern. Auf das Sorgerecht für sie verzichtete ich, damit sie vor Gericht nicht selbst wählen mussten. Mein frommer Noch-Ehemann hat gleich nach meinem Fortgang alles getan, um mir die Kinder zu entfremden und sie gegen mich auszuspielen. Das wollte ich ihnen nicht weiter zumuten. Ich sah sie viele Jahre nicht und bekam auch kein Lebenszeichen von ihnen. Und ich wusste, dass niemand mich benachrichtigen würde, wenn sie schwer krank wären oder sterben würden. Der Schmerz über all das ließ sich kaum ertragen und raubt mir noch heute den Atem, wenn ich nur daran denke.

Auf den Unterhalt für mich verzichtete ich leichten Herzens, obwohl ich in keiner Weise wusste, wie ich materiell überleben würde. Doch das war meine kleinste Sorge und mein geringster Kummer. Im Frühjahr 1979 wurde die Scheidung rechtskräftig und ich hatte diesen Teil meines Lebens äußerlich abgeschlossen.

Angst

Die Angst sitzt mir im Nacken, vor dem, was Zukunft bringt.
Die Angst sitzt mir im Nacken, vor dem, was in mir klingt,
so viele neue Töne von Liebe, Lust und Weh
so viele neue Bilder, die ich jetzt in mir seh'
so viele off'ne Wege, die alle vor mir liegen
so viele Möglichkeiten, zu kämpfen und zu siegen.
So viel ist zu entscheiden, so ganz allein von mir.
Ich fühl die Angst der Freiheit und halt mich fest im Jetzt und Hier.

Erzwungene Auszeiten

Kurz nach meiner Eheschließung kam ich mit einer Fehlgeburt ins Krankenhaus. Ich war noch keine 17 und die Erholung dort brauchte ich dringend. Als mein Sohn durch eine Spontangeburt zur Welt kam, war ich 18 Jahre. Es dauerte nicht lange, bis ich wieder schwanger war, aber im 3. Monat musste ich wegen Blutungen wieder für einige Wochen ins Krankenhaus. Es war die einzige Möglichkeit, das Kind zu behalten, denn dort war ich geschützt und behütet. Zwei Monate nach meinem 19. Geburtstag wurde meine Tochter geboren.

In den nächsten Jahren folgten Krankenhausaufenthalte wegen einer Mandeloperation, schlechten Allgemeinbefindens, Unterleibsbeschwerden, Rückenschmerzen, Infektionen. Als ich 22 Jahre alt war, wurde unser Sohn geboren, der nur 15 Minuten lebte. In den nächsten vier Jahren verbrachte ich weitere 23 Wochen in Krankenhäusern und psychosomatischen Kliniken. Dies waren die einzigen Zeiten, in denen mein Mann keinen Zugriff auf mich hatte und ich mich etwas regenerieren konnte.

Erinnerungen

Der dunkle Keller 1950

Es ist schwer, den eigenen Erinnerungen und den damit verbundenen Gefühlen zu glauben, zumal sie oft nur bruchstückhaft sind. Trotzdem. Schon lange wusste ich, dass es einen dunklen Punkt in meiner frühen Kindheit gab, zu viel deutete darauf hin. Aber ich erinnerte mich nicht. Irgendwann sah ich plötzlich ein Bild ganz deutlich vor mir:

Ich war in den Keller gegangen, weil das Licht dort brannte. Dann musste ja jemand unten sein. Schemenhaft erinnere ich mich an meinen schweigenden Onkel, an seine abweisenden Blicke, die jeden Ton in mir erstickten, an grobe Hände und Berührungen, die mir Angst machten. Nach einiger Zeit stand ich alleine im Keller und oben machte jemand das Licht aus. Ich konnte nichts sehen und tastete mich ganz langsam bis zur steilen, unebenen Holztreppe. Wie ich da herauf gekommen bin, verwirrt und voller Angst, erinnere ich nicht.

Nun stand ich im Dunkeln und weinte laut, denn obwohl mir die Umgebung vertraut war, fand ich die Tür nicht. Ich musste aufs Klo, aber es war schon zu spät. Warm lief es mir die Beine hinunter. Ich hatte Angst, schämte mich, stand wie angewurzelt und fühlte mich schrecklich.

Plötzlich machte jemand direkt vor meiner Nase die Tür auf, sah mich und blickte mich strafend an – meine Mutter. Sie sah die Pfütze, in der ich stand, zog mich schimpfend und wütend hinter sich her. Ärgerlich machte sie mich frisch und ich blieb stumm. – Ich war damals noch keine fünf Jahre alt.

Großvaters Wutanfälle 1954

Mein Großvater kam, nachdem er auch schon im 1. Weltkrieg Soldat gewesen war, aus dem 2. Weltkrieg als herzkranker Mann zurück. Meine Großmutter versuchte, jede Aufregung von ihm fernzuhalten, damit er keinen Herzanfall bekam. Manchmal kam Großvater aus dem Garten und schnappte nur noch nach Luft. Dann wusste jeder im Haus, was zu tun war: Auf den Boden legen, Beine auf einem Stuhl hoch lagern, Hemd öffnen und Arzt anrufen. Schon als kleines Kind war mir diese Situation vertraut, auch wenn sie zum Glück nicht allzu häufig vorkam.

Etwas ganz anderes waren die gefürchteten Wutanfälle meines Großvaters, vor denen uns die Großmutter oft genug warnte. Das war alles viel undurchsichtiger. Bis heute erinnere ich mich nicht, meinen Großvater jemals wütend erlebt zu haben. Doch man erzählte sich, dass er zwei seiner Töchter, die heimlich zum Tanz gegangen waren, mit der Eisenstange in der Hand nach Hause holte. Als ich noch so über diese Dinge nachdenke, steigt eine klare Erinnerung in mir auf:

Aus dem Mädchenzimmer des großelterlichen Hauses dringen laute aggressive Stimmen. Die meines Großvaters ist nicht zu überhören, obwohl keine Worte zu verstehen sind. Doch auch seine Tochter schreit und zetert herum. Ich schleiche leise durchs Treppenhaus, um nichts von der Wut meines Großvaters abzukriegen. Da kommt er schon aus dem Zimmer und er sieht völlig verändert und fremd für mich aus. Sein Hemd sitzt schief, seine Haare stehen zu Berge und er nestelt an seiner Hose herum. Ich erstarre vor Angst und drücke mich an die Wand, um mich unsichtbar zu machen. Meine weinende Tante, die auch nach einiger Zeit aus dem Zimmer kommt, nehme ich nur noch schemenhaft war.

Jetzt, nach fast sechzig Lebensjahren, komme ich zu der Erkenntnis, dass meine geliebte Großmutter den Missbrauch ihres Mannes an den Töchtern als „Wutanfälle" bezeichnete. Wieder einmal bin ich entsetzt, traurig, sprachlos. Aber überrascht bin ich nicht mehr.

Das Bewusstwerden dieser Erinnerung nimmt mir die Luft zum Atmen – immer noch und immer wieder. Mein Körper reagiert, auch wenn ich mich innerlich distanziere und schütze. Mir ist so übel, mein Magen rebelliert, ich möchte nur noch kotzen, schreien und weinen. Aber ich halte mich fest an meiner Gegenwart, konzentriere mich auf praktische Dinge, versorge den Haushalt und arbeite im Garten. All das gibt mir Kraft. Dass es lange vorbei ist, ist kaum ein Trost, denn ich erlebe die Auswirkungen immer noch.

Betteln vor versiegten Quellen 1963

Ihre braunen Augen waren verhangen, wie hinter einem rauchigen Schleier. Sie stand langsam auf, stützte ihre Hand auf den Tisch, als ob es ihr Mühe machte. Nachdenklich schritt sie zur Tür, drückte die Klinke runter und verschwand im Flur. Sie war verstimmt. Irgendetwas hatten sie zuvor zusammen gesprochen. Sie war sich nicht bewusst, dass sie etwas Böses oder Beleidigendes gesagt hätte. Sie hatte nur frei heraus gesagt, was sie dachte und fühlte. Da war er, den sie bisher nur freundlich und lächelnd erlebt hatte, wortlos und beleidigt hinausgegangen. Sie verstand nicht, was geschehen war, fühlte sich hilflos und verlassen von dem, den sie liebte, war wie betäubt und fühlte sich wie ein Schlafwandler.

Jetzt ging sie ihm nach und erwartete, ihn in ihrem Zimmer zu finden. Er stand da, mit dem Rücken zu ihr und hörte sie nicht gleich. Sie setzte sich ratlos auf den Bettrand und versuchte, ihm näher zu kommen. Noch bevor sie ein Wort hervorbringen konnte, drehte er sich um, streckte ihr seinen Arm entgegen und klatschte ihr dann – völlig unerwartet – mit dem Handrücken so fest auf die rechte Wange, dass sie aufs Bett fiel. Sie erstarrte vor Schreck und sah ihn entsetzt und fragend an. Sie wollte etwas sagen, doch sein Blick ließ sie verstummen, noch ehe sie begonnen hatte. Ihr Herz gefror zu Eis, denn seine Augen schleuderten hasserfüllte Blicke zu ihr wie stahlgraue tödliche Pfeile. Eiskalt starrte er sie an. In diesem Moment fürchtete sie um ihr Leben. Sie verhielt sich still, um ihn durch nichts zu reizen.

Nach einer Weile, die ihr wie eine Ewigkeit vorkam, wich allmählich die Spannung von ihr, und sie wagte es, sich vorsichtig zu bewegen und in das Kopfkissen zu weinen. Er wandte sich ab und ging hinaus. Später, als sie mit den anderen zusammen zu Abend aßen, war alles wie immer, so als ob sich inzwischen nichts ereignet hätte. Kurze Zeit darauf hatte sie alles vergessen.

Beim Erzählen einiger Erinnerungen sah sie eines Samstagabends diese Szene ganz lebendig vor sich. Sie spürte plötzlich wieder seinen Hass von damals. Sie erschrak und erstarrte. Das Atmen fiel ihr schwer und ihr Herz schlug langsamer als sonst. Es hämmerte in ihrem Kopf, die Gedanken überschlugen sich und sortierten sich zu einem völlig neuen Bild.

Als sie am Abend in den liebevollen Armen ihres Geliebten sanfte Geborgenheit spürte, wich die Starre, und die Tränen brachen hervor wie Sturzbäche. Fassungslos sah sie all die Jahre ihrer Ehe an sich vorüberziehen, in der sie gelebt hatten wie eine normale Familie. Sie sah, wie sie ihm liebevoll begegnete, und er es nicht bemerkte, wie sie sich für ihn schön machte, und er kaum Notiz davon nahm, wie sie den Haushalt versorgte, alles Störende von ihm fernhielt, doch er schien es für selbstverständlich zu halten. Sie sah, wie sie immer wieder um seine Nähe bettelte und abgewiesen wurde. Sie sah, wie sie ihn mit ihrer Zärtlichkeit beschenkte, ohne etwas Gleichwertiges dafür zurückzubekommen. Sie sah, wie sie sich ihm hingab, um seine Zuneigung zu gewinnen, wie sie lernte, was er wollte, und seine Anerkennung doch nicht bekam. Sie sah die hässlichen Streitereien, die kalten Blicke, die nicht erwiderten Gefühle, die unerfüllten Sehnsüchte, die verzweifelten Rettungsversuche, die traurigen und fragenden Augen ihrer Kinder – und sie schrie auf bei dem Schmerz, den ihr diese Bilder bereiteten.

Jetzt – elf Jahre, elf Monate und einen Tag nach ihrer Trennung von ihm und den Kindern – begriff sie endlich, warum sie mit diesem Mann siebzehn Jahre unglücklich gewesen war, gewesen sein musste: Sie liebte ihn und tat alles, um von ihm wiedergeliebt zu werden; doch er hatte sie gehasst. Aber noch schlimmer war es, dass sie sich, im ersten Jahr ihrer Ehe, als er sie ins Gesicht schlug, dieser Erkenntnis verschlossen hatte.

Wege und Abwege 1967

Wenn mein Mann abends zuhause war, hatte ich jedes Recht über meinen Körper verloren. Es spielte keine Rolle, ob ich Lust verspürte oder nicht, oder ob ich gerade meine Blutungen hatte. Ich musste einfach für ihn da sein, ohne Wenn und Aber. Die Erfüllung seiner sexuellen Bedürfnisse fügte mir häufig innerliche und äußerliche Verletzungen und Blutergüsse zu, unter denen ich anschließend tagelang litt. Doch auch darauf nahm er keine Rücksicht.

Während der Schwangerschaften änderte sich sein Verhalten diesbezüglich in keiner Weise. Es hat ihn auch nicht interessiert, dass ich unsere Kinder gerne lange stillen wollte. Sobald er es für richtig hielt, musste ich für seine sexuellen Wünsche zur Verfügung stehen. Meine Milch versiegte umgehend und so kam es, dass ich meinen Sohn nur sechs und meine Tochter nur fünf Wochen stillen konnte. Ich bedauerte das sehr, doch das interessierte niemand.

Erst als mein Mann in unserem siebten Ehejahr seine früher begonnene Ausbildung wieder aufnahm, sahen wir uns nur alle sechs Wochen. In der Zeit dazwischen kam ich etwas zur Ruhe und hatte Zeit zum Nachdenken. In unserer Ehe stimmte einiges nicht, aber was war es und was konnte ich ändern?

Ein Anhaltspunkt bei meinem Nachdenken war unsere sexuelle Beziehung. Für mich passte da einiges nicht zusammen mit dem, was wir vorgaben zu glauben und dem, was wir praktizierten. In meiner inneren Not vertraute ich mich unserem neuen Prediger an. Er war mir sympathisch, sonst hätte ich nicht über ein so schwieriges Thema mit ihm gesprochen.

Zuerst hörte er mir zu oder es schien jedenfalls so. Doch dann sprach er davon, dass er mit mir schlafen wollte. Ich war wie vor den Kopf geschlagen und verstand nichts. Ich wollte nicht und sagte das deutlich. Aber er überging meine Einwände und machte mir klar, dass ich doch nur mit ihm über unsere sexuellen Eheprobleme gesprochen hätte, weil ich ihn eigentlich wollte. Ich war sehr verwirrt und unglücklich. Das nutzte er aus, um mich zu verführen.

Das Zusammensein mit ihm war zwar verboten, aber er war – im Gegensatz zu meinem Mann – sanft. Ich war hin- und hergerissen. Ich fühlte mich ständig schuldig, denn ich wusste, dass ich unrecht tat. Doch ich freute mich auch, wenn er kam.

Einsame Entscheidungen 1968

Schon seit einigen Tagen hatte ich eine offene Stelle am Oberschenkel. Sie war feuerrot, juckte und nässte, und sie beunruhigte mich. Ob irgendwas mit dem Kind in mir nicht in Ordnung war? Aber es bewegte sich wie immer, und es waren ja sowieso nur noch fünf Wochen bis zur Geburt. Ich konzentrierte mich auf die tägliche Arbeit, räumte die Wohnung auf, brachte die beiden Kinder zu Bett, machte mich anschließend hübsch. Ich erwartete Besuch. Seit einigen Monaten kam unser Prediger fast wöchentlich. Aber das Kind war nicht von ihm, obwohl ich es mir manchmal wünschte ...

Ein leises Ziehen im Bauch weckte mich aus tiefen Träumen. Schlaftrunken schaltete ich das Licht an. Lange konnte ich noch nicht geschlafen haben. Mein Besuch war erst gegen halb zwölf gegangen. Jetzt war es kurz nach Mitternacht. Ich blickte auf die Uhr und wartete, ob ich noch mal dieses Ziehen spüren würde. Nach fünfzehn Minuten stellte es sich pünktlich wieder ein. Wehen. Das Kind wollte kommen, einige Wochen zu früh zwar, aber das beängstigte mich nicht. Meine anderen beiden hatte ich auch etwas zu früh, leicht und schnell geboren.

Aber aufgeregt war ich jetzt doch. Die Kinder schliefen. Mein Ehemann studierte weit entfernt. Ich stand auf, lief etwas durch die Wohnung, war unkonzentriert, achtete nur auf die Uhr und das Ziehen im Bauch. Die Wehen kamen schneller. Ich zog mich an, ging zur unteren Wohnung und klingelte. Nichts rührte sich, ich klingelte nochmal, dann klopfte ich an die Tür, rief leise, dann lauter. Nach einer Ewigkeit kam endlich jemand an die Tür. Ja, natürlich würde man mich zur Entbindung fahren.

Neben meinem Vermieter im Auto sitzend atmete ich bewusst und hielt so die Schmerzen in erträglichen Grenzen. Das verunsicherte ihn, denn seine Frau hatte rasende Schmerzen bei ihren Entbindungen gehabt, und er glaubte nicht so recht, dass ich schon so weit war. In dem kleinen Entbindungsheim lieferte er mich ab. Die Hebamme nahm mich verschlafen in Empfang, rief nach einiger Zeit meinen Frauenarzt an, der ebenso schlaftrunken ankam. Inzwischen lag ich in dem kleinen Kreißsaal und meine Wehen kamen regelmäßig, obwohl sie nicht sehr stark waren.

Ich spürte deutlich, dass das Kind jetzt kommen wollte, obwohl der Arzt schon befürchtete, dass wir ihn zu früh aus dem Bett geholt hätten. Nach wenigen heftigen Wehen flutschte das Baby um Punkt zwei Uhr aus mir heraus. Es hatte mich nicht übermäßig angestrengt.

Die Hebamme stand zwischen meinen Beinen und nahm das Baby an den Füßen hoch. Ich spürte, mehr als dass ich es sah, wie sie einen verschwörerischen Blick mit dem Doktor tauschte. Dieser drehte mir den Rücken zu und verdeckte so geschickt das Kind, dass ich es nicht sehen konnte. Kein kräftiger Schrei, wie bei der Geburt meiner anderen Kinder, durchschnitt die nächtliche Stille. Nur ein mickriges Wimmern drang glucksend aus der Kehle des Kindes. Die Hebamme legte es geschwind zwischen meine Beine und der Doktor befreite es von Schleim in Nase, Mund und Rachen. Danach tat es einige Atemzüge, anscheinend normal.

Inzwischen hatte die Hebamme ein altes schweres Bügeleisen in Tücher gepackt und mir auf den Bauch gelegt. Das sollte die Nachgeburt beschleunigen. Ich richtete mich etwas auf, um mein Baby zu sehen. Es war ein Junge, aber der Bauch war unverhältnismäßig dick. Hebamme und Arzt flüsterten miteinander, dass irgendwas mit dem Kind nicht in Ordnung wäre. In dem Moment hörte es schon wieder auf zu atmen. Der Arzt ging nun zur Mund-zu-Mund-Beatmung über. Nach einer Weile atmete das Kind wieder selbständig, dann hörte es wieder auf und der Arzt begann von Neuem mit der Beatmung. Wie gebannt schaute ich zu. "Geben sie mir das Kind, ich kann es selbst beatmen." Aber ich wurde gar nicht wahrgenommen. Die Hebamme telefonierte nach dem Krankenwagen und mit der Kinderklinik. Der Arzt hielt mein Kind am Leben durch seine Beatmung. Entsetzt und hilflos war ich zum Zuschauen verdammt, wo es doch um mein Kind ging!

Nach zehn Minuten kam der Krankenwagen mit einem Sauerstoffbettchen. Doch was nutzte aller Sauerstoff, wenn das Kind nicht atmen konnte! Ich konnte nichts tun, nur zusehen. Zusehen wie es vor meinen

Augen um sein Leben kämpfte – oder kämpfte es gar nicht mehr? Als es in dem gläsernen Bettchen hinausgetragen wurde, wusste ich, dass es sterben würde. Entsetzt und sprachlos ließ ich mich waschen, umziehen, ins Bett bringen.

Früh am Morgen wurde ich geweckt. Der Professor der Kinderklinik wollte mich sprechen. Mein Kind war tot. Es war auf dem Transport in die Klinik gestorben. Jetzt gab es Fragen zu Erbkrankheiten, und ob ich mit einer Obduktion einverstanden wäre. Ich gab meine Zustimmung, denn auch ich wollte wissen, warum mein Kind gestorben war.

Ich rief meinen Mann an, ließ ihn ans Telefon holen und sagte zu ihm: "Unser Baby ist tot." Ich erzählte ihm kurz von dem, was sich in der Nacht und am Morgen ereignet hatte, und er sagte: "Ich komme mit dem nächsten Zug." Ich organisierte, was von mir erwartet wurde, und kam kaum zur Besinnung. Nun musste ich noch meine Kinder versorgen. Ich rief beim Hauswirt an, sagte, dass die Geburt gut verlaufen, das Kind aber tot sei. Meine Kinder wurden für heute bei seiner Schwiegermutter untergebracht.

Und nun? Was musste ich noch tun? Wen noch anrufen? Ich sehnte mich nach einem Menschen, der mich in den Arm nahm und meinen Schmerz mit mir fühlte. Wie konnte ich meinen Prediger erreichen? Ich hatte seine Nummer nicht, wollte auch nicht mit seiner Frau sprechen, wollte niemandem am Telefon was erklären müssen. Ich überlegte und griff wieder zum Telefonhörer, schickte ihm ein unverfängliches Telegramm: "Komme bitte umgehend nach Geburtsort – Stop – Eva." Vor längerer Zeit hatte ich ihm erzählt, dass ich dort entbinden wollte, und ich rechnete damit, dass er die Botschaft verstehen würde. Am frühen Nachmittag führte die Hebamme ihn herein. Ich sah an seinen Augen, dass er schon alles wusste. Er brachte einen Strauß gelber Nelken mit, seit dem hasse ich diese Blumen. Trösten konnte er mich nicht. Wir besprachen die notwendigen Dinge. Er holte meine Papiere von Zuhause, denn mein totes Baby musste schließlich als Geburt und als Sterbefall gemeldet werden. Auch brachte er, wie vorher schon abgemacht war, eine gute Bekannte zu meinen Kindern.

Am frühen Abend kam dann mein Mann. Auch ihn fing die Hebamme ab, um ihn über alles zu informieren. Mit dicken Augen saß er an meinem Bett, hielt meine Hand, brachte kaum ein Wort hervor. Er wirkte so hilflos, ich konnte ihm unmöglich meinen Schmerz zeigen. Ich streichelte seine Hand, um ihn zu trösten. Immerhin waren wir ja Christen und glaubten daran, unsere Lieben im Himmel wiederzusehen. Damit beruhigte ich mich und hielt den Schmerz in mir verborgen.

Irgendwann fragte er mich: "Glaubst Du, dass wir ihn im Himmel wiedersehen?" Die Frage rief blankes Entsetzen in mir hervor. Wieso fragte er mich? Warum tröstete er mich nicht mit dieser Hoffnung? Sprachlos starrte ich ihn an, sah ihn nur schemenhaft, als ob er Lichtjahre von mir entfernt wäre. Ich konnte nicht denken, nicht fühlen, nicht sprechen. In meinem Kopf drehte sich ein Karussell. Das Schlucken wurde mir schwer, meine Augen brannten, doch weder Tränen noch Worte kamen hervor und nichts brachte mir Erleichterung. Ein tiefer Schock fraß sich in meiner Seele fest, grub sich dort ein, und ich fühlte mich hilflos, kalt und taub, so als ob ich soeben selbst gestorben wäre.

An die nächsten Tage erinnere ich mich nur undeutlich. Ich litt schrecklich darunter, dass ich mein Baby nicht ein einziges Mal berührt hatte. Das wollte ich gerne nachholen. Die Obduktion war vorüber, jetzt war es hier in der Nähe bei einem Beerdigungsinstitut. Natürlich ließ man mich nicht dort hingehen. Ich bat meinen Mann flehentlich, unser Kind anzuschauen, doch er wollte nicht. Ich bettelte ihn an, doch er weigerte sich. Die Mauer zwischen uns wurde immer höher. Da erzählte ich meinen Kummer meinem Liebhaber, machte ihm deutlich, wie viel mir daran lag, dass wenigstens mein Mann unser Kind einmal sehen und anfassen würde. Offenbar kam etwas von meinem Wunsch bei ihm an. Er bewegte meinen Mann dazu, zum Institut zu gehen. Ich sagte ihm, welche Garnitur er mitnehmen sollte, damit das Baby was zum Anziehen hatte. Und so sah er ihn, klein und friedlich in seinem Sarg liegend, mit einer dünnen trockenen Blutspur unter dem Mützchen.

Ich wollte mit zur Beerdigung gehen, denn ich fühlte mich gesund und stark. Doch man ließ mich nicht. Ich fühlte mich unverstanden, nicht geliebt und abgelehnt. Dabei hatte ich ein schrecklich schlechtes Gewissen, weil ich kein lebensfähiges Kind zur Welt gebracht hatte. Ich schämte mich, fühlte mich minderwertig, auch abgelehnt von Gott. Wollte allein sein, weit weg von allen Menschen, die ich kenne, nur allein sein mit mir und meinem Schmerz ... Doch man ließ mich nicht.

Stattdessen kehrte ich zurück in mein Zuhause, zu meinen Kindern. Auch ihnen gegenüber fühlte ich mich schrecklich schlecht. Wir hatten uns gemeinsam auf das Baby gefreut. Oft hatten sie ihre Hände auf meinen Bauch gelegt und gefühlt, wie es strampelte. Und nun kam ich alleine zurück, musste es ihnen sagen, damit sie es verstanden, und litt dabei unsägliche Seelenschmerzen.

Ich kleidete mich schwarz, wurde mit unsicheren Blicken von Freunden und Bekannten bedacht. Keiner wusste so recht, wie er mit mir umgehen sollte. Ich telefonierte mit meiner Mutter, um ihr von mir zu erzählen. Ich sprach über meinen Schmerz, doch sie sagte: "Tante Gertrud hat auch ein Kind verloren und nicht so ein Aufhebens davon gemacht. Stell Dich nicht so an, Du hast doch zwei gesunde!" Entsetzt zog ich mich wieder zurück, blieb allein mit meinem Schmerz und meiner Trauer.

Nach einigen Wochen bat ich meinen Prediger, mit mir zum Friedhof zu gehen. Ich konnte meine Trauer nicht mehr zurückhalten. Er fragte etwas ratlos: "Bist Du deshalb so traurig, weil Du Dir eingebildet hast, dass das Kind von mir ist?" Darauf wusste ich nur mit einem energischen Kopfschütteln zu antworten. Auch er verstand meinen Kummer nicht, konnte offenbar nicht mit mir fühlen. Tief verkroch ich mich in meine Einsamkeit, fühlte mich von Gott und den Menschen verlassen – wie nie zuvor in meinem Leben.

****

Der Prediger kam so lange regelmäßig zu mir zu Besuch, bis mein Mann seine Ausbildung beendet hatte und wir umzogen. Es verletzte mich sehr, dass er die Trennung von mir so einfach hinnahm, denn mir fiel sie – trotz aller widersprüchlichen Gefühle – schwer.

Der beängstigende Schatten 1970

Er kam nach Hause von einer Routineuntersuchung. Der Arzt hatte Blut im Urin festgestellt und untersuchte diesen nach einigen Tagen noch einmal. Wieder das gleiche Ergebnis, obwohl er weder Schmerzen noch Beschwerden hatte. Nur müde war er oft, sein Blutdruck war viel zu niedrig. Deswegen hatte er eine Kur beantragt.

Und nun musste er ins Krankenhaus zum Röntgen. Ich beruhigte meine ängstlichen inneren Stimmen und konzentrierte mich darauf zu glauben, dass es schon nichts Schlimmes wäre ... doch so ganz wohl war mir nicht dabei. Die Röntgenaufnahmen zeigten einen Schatten auf der linken Niere. Das war wirklich beängstigend. Man vermutete einen großen Tumor, möglicherweise Krebs ... Ich mochte mir das nicht ausdenken, war schrecklich durcheinander, weinte viel und hatte große Angst. Aber niemand war da, dem ich meine Gefühle hätte mitteilen können. Vor ihm versteckte ich sie ganz selbstverständlich, denn ich wollte ihn ja mit meiner Angst nicht zusätzlich belasten. Außerdem war man gewohnt, dass ich stark war!

Ein befreundeter Arzt versuchte mich zu beruhigen. Er meinte, zuerst würde noch eine Untersuchung mit einem neuen Kontrastmittel gemacht. Das sei ungefährlich und würde Genaueres zeigen. Und vielleicht zeige sich dabei eben nichts, auch das könnte sein. Ich schaute ihn ungläubig an, dachte, er sagt das nur, um mir die Angst zu nehmen. Die Untersuchung ließ manches unklar, es musste operiert werden. Der Schatten auf der Niere musste ergründet werden.

Ich rechnete mit allem. Eine Nierenoperation, da ging es nicht um so etwas Einfaches wie bei Blinddarm oder Galle. Nein, hier ging es wirklich um schwerwiegendere Dinge. Würde er seine Niere behalten können? Hatte er Krebs? War es noch früh genug? Oder würde er bald sterben? Käme ich alleine mit den Kindern zurecht? Wie ging das Leben überhaupt weiter ohne ihn? Solche und ähnliche Gedanken gingen mir ständig durch den Kopf. Ich hatte Angst, stand unter einer schrecklichen Spannung, die ich durch nichts los wurde.

Der Schock nach der Operation war nicht kleiner, nur weil die Ärzte nichts, aber auch gar nichts gefunden hatten. Leichenblass lag er in seinem Bett, lächelte mich schlaftrunken an. In mir purzelten Gefühle wild durcheinander: froh, dass er lebte, entsetzt, wie er aussah, völlig verwirrt, weil er gesund war und trotzdem operiert wurde ...
Aber ich hatte keine Zeit, diesen Gefühlen nachzugehen. Niemand war da, mit dem ich hätte sprechen können, der mich verstanden hätte, der auch nur annähernd so etwas wie Mitgefühl aufgebracht hätte. Schließlich hatte ich jetzt nur noch Grund, dankbar und glücklich zu sein, denn es war ja alles gut gegangen. Hilflos beschränkte ich mich darauf, wie üblich zu funktionieren.

Gedanken und Fragen

Mein Leben ist so leer,
es ist kaum auszuhalten.
Es ist unsagbar schwer,
was kann ich umgestalten?
Mein Kopf zerplatzt beinahe
an all den vielen Fragen.
Ich komme nicht zur Ruhe,
wer kann mir Antwort sagen?
Ich möchte mich betäuben,
dass ich nicht so viel denke,
in allem übertreiben.
Wann enden diese Ränke?
Ich möchte gerne sterben,
der Tod ist mir so nah.
Warum muss ich noch leben?
Wozu bin ich noch da?

Die kleine Vase 1971

Ich stand in der Küche mit einem kleinen Blumenstrauß in der Hand. Draußen hatte ich die Wildblumen gepflückt und nun hielt ich Ausschau nach der kleinen blau-weißen Vase, die ich als Andenken von einem Spanienurlaub mitgebracht hatte. Sie hätte gerade die richtige Größe ... ach, da stand sie ja im Regal. Ich nahm sie behutsam herunter und füllte sie vorsichtig mit Wasser. Nachdem ich sie vor mich auf den Schrank gestellt hatte, betrachtete ich sie gedankenverloren. Plötzlich wurde ich durch die herrische Stimme meiner Schwiegermutter aus meinen Gedanken gerissen:

"Was machst Du mit meiner Vase?"

Ich reagierte ruhig und gelassen: "Das ist meine Vase."

Sie fuhr mich an: "Nein, das ist meine Vase."

Ich versuchte es noch mal in aller Ruhe: "Mama, das ist meine Vase, die ich aus Spanien mitgebracht habe."

"Nein, es ist meine Vase", sagte sie jetzt in ärgerlichem und kaltem Ton.

"Mama, ich weiß, dass wir beide so eine kleine Vase in Spanien gekauft haben. Sie haben aber etwas unterschiedliche Muster, wie Du weißt. Diese hier ist meine Vase. Ich weiß nicht, wo Deine Vase ist."

Jetzt schrie sie mich hysterisch an: "Das ist meine Vase, meine, meine!" Ihre Stimme überschlug sich, was bei ihr höchst selten der Fall war. Sie blieb sonst immer kühl, oft war sie eiskalt und sehr distanziert.

Ich wusste nicht, was ich noch tun sollte. Da fiel mir ein, dass ich ihr ihre Vase zeigen müsste, damit sie es begriff. Wo konnte sie sein? Ich sagte: "Schau doch mal bei Dir im Zimmer nach, da steht Deine Vase sicher."

Ihre Stimme wurde lauter, kälter und noch schriller. "Das hier ist meine Vase, Du hast sie genommen."

Ich hielt es nicht mehr aus. Meine Gedanken purzelten wild durcheinander. Meine Ruhe war längst dahin. Ich war wütend, unsicher und fühlte mich schrecklich hilflos. Die Kinder hatten unseren Streit inzwischen auch gehört. Das ärgerte mich. Mein Mann kam mit lahmem Gesichtsausdruck in die Küche und fragte. "Was ist hier denn los?" Ich hatte keine Lust mehr zu weiteren Diskussionen und überließ es seiner Mutter, ihn über die Ursache unserer Auseinandersetzung aufzuklären. Sie war schrecklich aufgeregt und vermittelte den Eindruck, dass ich ihr etwas schrecklich Schlimmes angetan hätte. Ich verstand die Welt nicht mehr. In meinem Kopf drehte sich alles. Ich spürte, wie meine Migräne langsam den Nacken herauf kroch und sich hinter meinem rechten Auge wie ein blutsaugendes Ungeheuer festsetzte.

Mit einer gewaltigen Anstrengung ging ich ins Zimmer meiner Schwiegermutter ... und da stand ihre Vase ganz offen auf dem Regal. Nun musste es sich ja leicht lösen lassen. Ich rief, immer noch um Frieden und Beruhigung bemüht, in einem freundlichen Ton: "Mama, hier ist Deine Vase." Doch sie beharrte weiter darauf, dass ich ihre Vase genommen hätte, und wie sie es sagte, hörte es sich an wie ein Verbrechen.

Da riss mir der Geduldsfaden. Ich ging zielbewusst in die Küche zurück, ließ mich von ihrem Geschrei und seinen Beruhigungsversuchen nicht einschüchtern oder ablenken. Ich nahm meine Schwiegermutter fest an den Schultern und schob sie vor mir her. Sie war zu verdutzt, um sich tatkräftig zu wehren. Aber sie warf ihrem Sohn einen hilflosen und entsetzten Blick zu, der schrie: 'Was macht sie jetzt wieder Schreckliches mit mir?' Ich schob sie kraftvoll vor mir her in ihr Zimmer, vor das Regal und sagte laut und deutlich: "Da steht Deine Vase." Sie starrte ungläubig ins Regal und schien nicht zu begreifen, was sie sah. Da nahm ich die Vase und gab sie ihr vorsichtig in die Hand.

Zuerst betrachtete sie den Gegenstand in ihrer Hand wie aus weiter Ferne. Sichtbar wich die Farbe aus ihrem Gesicht, als sie die Vase wie in Trance in der Hand bewegte und als ihre erkannte. Dann sackte sie in sich zusammen wie ein Ballon, der plötzlich die Luft verliert. Anschließend wurden ihre Augen wieder klar, so als ob sie erst jetzt in die Wirklichkeit zurückfände. Mit ihrer alltäglichen Stimme sagte sie, wie nebenbei: "Da habe ich mich wohl geirrt", stellte die kleine Vase ins

Regal und ging zur Tagesordnung über. Ich muss wohl schrecklich entsetzt ausgesehen haben, denn im Vorbeigehen sagte sie in einem Ton, der ihre Worte Lügen strafte: "Entschuldige bitte."

Wortlos stürzte ich ins Schlafzimmer, um zu mir zu kommen. Ich war wütend auf meine Schwiegermutter. Was dachte sie sich eigentlich? Warum machte sie wegen einer Kleinigkeit so eine hässliche Szene? Ich war doch ganz freundlich und ruhig gewesen. Warum hörte sie mir nicht zu? Warum war sie so verbohrt? Nahm sie mich denn gar nicht wahr? Ich verstand das alles nicht. Auf jeden Fall hatte sie es wieder einmal geschafft, mich aus der Fassung zu bringen. Und ihr eiskalter Blick machte sicher nicht nur mir ganz deutlich, dass ich nicht ganz richtig im Kopf sei, wenn es zu solchen Zwischenfällen kam. Ich weinte vor Hilflosigkeit und ich schämte mich schrecklich vor den Kindern. Aber was half das schon? Ich wusste nicht, wie ich es hätte besser machen sollen. Außerdem spielte es kaum eine Rolle, was ich tat und wie ich reagierte: Sie schaffte es immer, alles so aussehen zu lassen, als ob es nur mein Fehler wäre.

Ich wusste nicht mehr, was ich denken sollte, und zweifelte an meinem Verstand. War ich verrückt? Was hatte ich getan, dass sie mich so hasste? Meine Migräne schwoll an wie das Grollen eines Gewitters. Ich verkroch mich in mein Bett, verhielt mich ganz ruhig und sank in einen unruhigen, wenig erholsamen Schlaf.

Ein ganz normales Wochenende 1974

Ich atmete auf. Endlich war er weg. Ich schaute dem Auto nach, bis es unter der Brücke verschwand. Rasch ging ich ins Haus und ließ mich seufzend in den nächsten Sessel fallen. Ich schloss die Augen und biss die Zähne zusammen, um nicht schon wieder zu weinen.

Warum regte mich all das immer noch auf? Ich kannte es doch längst. Es war an jedem Wochenende der gleiche Kreislauf. Er begann regelmäßig am Freitagabend, dann, wenn mein Mann nach Hause kam. In den ersten Jahren hoffte ich noch, dass es irgendwann besser würde. Stattdessen wurde es immer schlimmer. Es wurde für mich so unerträglich, dass ich mehrmals versuchte, mir das Leben zu nehmen. Aber es gelang mir nie.

An diesem Montagmorgen versuchte ich zu ergründen, wie es so weit gekommen war. Was machte ich nur falsch? – Das Wochenende versuchte ich immer nett zu gestalten. Wenigstens dann sollten die Kinder was von ihrem Vater haben. Seit vielen Jahren kam er nur am Wochenende heim. Er wollte es so, obwohl ich mir unser Leben ganz anders vorgestellt hatte.

Am Donnerstag hatte ich mit den Kindern das Haus in Ordnung gebracht. Wir hatten Freude, wenn wir gemeinsam arbeiteten. Die Kinder kannten ihre kleinen Pflichten im Haushalt und alles klappte reibungslos. Als alles fertig war, tranken wir gemütlich Tee. Dann ging es in die Wanne und die Kinder planschten und spielten nach Herzenslust. Wir freuten uns alle aufs Wochenende.

Am Freitag nahm ich mir Zeit für mich. Ich sorgte dafür, dass ich frisch und ausgeruht war, wenn er nach Hause kam. Ich legte ein frisches Tischtuch auf und pflückte einen Strauß Ringelblumen im Garten. Die Pasteten standen gefüllt im Backofen. Ich brauchte nur noch den Knopf umdrehen. Erwartungsvoll legte ich mich noch etwas hin und döste.

Das fröhliche Hundegebell war das bekannte Signal für sein Kommen. Ich rief die Kinder und wir erwarteten ihn an der Haustür. Ich nahm ihm wortlos die Tasche ab, damit er die Hände für die Begrüßung von Hund und Kindern frei hätte. Nach einer Weile wurde auch ich mit einem flüchtigen Kuss auf die Stirn begrüßt.

Nach dem Essen brachten die Kinder ein Buch und er las ihnen vor. Ich räumte die Küche auf und dann wurde es für die Kinder Zeit zum Schlafen. Fröhlich hüpften sie im Nachtzeug noch mal durchs ganze Haus. Dann kuschelten wir sie in ihre Betten und gaben ihnen einen Gutenachtkuss. Er betete noch laut "Müde bin ich, geh zur Ruh" und dann knipste ich das Licht aus.

Ich freute mich auf die nächsten Stunden. Die gehörten ganz uns. Er legte wortlos eine Schallplatte auf und setzte sich zuhörend in seine Sofaecke. Nach einer Weile fragte ich, ob er erfolgreich war diese

Woche. Er antwortete kurz und desinteressiert, wie immer. Er konzentrierte sich ganz auf seine Musik, drehte an den Knöpfen, um die Tonqualität zu verbessern. Ich fühlte mich vernachlässigt – auch wie immer. Noch ein paar Mal versuchte ich, ein Gespräch in Gang zu bringen. Aber es war aussichtslos.

Ich wurde traurig und wusste nicht genau warum. Ich spürte nur, dass wieder irgendwas nicht stimmte. Es war wieder alles ganz anders, als ich es mir erhofft hatte. Die Enttäuschung bohrte in mir und verwirrte mich. Ich konzentrierte mich auf die Musik, aber sie begann mir wehzutun. Zuerst nur in den Ohren, nach einer Weile hämmerte mein ganzer Kopf. Ich ging zu Bett, um Ruhe zu finden.

Ich schlief schlecht und am Morgen waren die Kopfschmerzen immer noch da. Aber ich stand pünktlich auf und weckte die Kinder. Er schlief noch fest. Ich stellte das Radio neben ihm an und ging dann ins Bad. Als ich fertig war, rieb er sich verschlafen die Augen. Ich fühlte mich verlassen und kochte innerlich vor Wut. Fluchtartig lief ich in die Küche und machte mit den Kindern das Frühstück. Ich sagte wenig, und die Kinder spürten, dass ich wieder mal wütend war. Sie bemühten sich, besonders lieb und aufmerksam zu mir zu sein. Das trieb mir die Tränen in die Augen und ich wischte sie verstohlen weg.

Wir begleiteten ihn heute, wie jede Woche, zu einer christlichen Versammlung. Dort predigte er. Die Leute hörten ihm gerne zu. Was er sagte, ging ihnen zu Herzen. Für mich war das immer mehr zu einer Quälerei geworden. Er sagte den Leuten, was sie tun müssen, um den Himmel zu bekommen. Er redete ihnen ins Gewissen, rüttelte sie auf, beruhigte sie wieder mit Gottes großer Gnade usw. usw.. Ich konnte es kaum noch ertragen. Nur ich wusste, dass er all seine frommen Ratschläge selber nicht befolgte.

Er schien diese Diskrepanz zwischen seinem Reden und seinem Handeln nicht zu bemerken. Fröhlich und zufrieden mit sich selbst strahlte er seinen Charme aus. Wenn ich ihn darauf ansprach, war er ganz erstaunt. Er verstand nicht, was ich meinte. Ich verzweifelte oft daran, dass er mich nicht verstand. Mir schien es selbstverständlich, dass ich Dinge, die ich anderen empfehle, selber tue. Aber ich war unfähig, ihm das klar zu machen.

Mich warfen solche Eindrücke völlig aus dem Gleichgewicht. Nach dem Mittagessen legte ich mich mit starken Kopfschmerzen hin. Aber ich kam innerlich nicht zur Ruhe. Meine aufgewühlten Gefühle bescherten mir unruhige Träume. Als ich wieder aufstand, war ich müde, verzweifelt und mutlos.

Die Kinder spielten draußen und er merkte nicht, dass ich ins Wohnzimmer kam. Er hörte seine Musik. Als ich extra laut im Schrank rumkramte, traf mich sein strafender Blick. Wütend ging ich ins Schlafzimmer und knallte die Tür zu so laut ich konnte. Ich nahm mir ein spannendes Buch, um mich abzulenken. Nur wenn ich mich ganz auf das Buch konzentrierte, konnte ich für kurze Zeit alles vergessen.

Plötzlich stand er im Zimmer, setzte sich neben mich, nahm meine Hand. Ich las weiter, aber ich verstand nichts mehr von dem, was ich las. Ich konnte die Tränen nicht mehr zurückhalten. Seine Nähe war mir unerträglich, gleichzeitig wünschte ich mir seine Zuneigung. Es war wieder wie immer: Ich sagte, was ich fühlte und er verstand mich nicht. Ich wurde lauter und lauter, bis ich schrie und weinte, bettelte und fluchte. Ich wurde immer verzweifelter, ich hatte schreckliche Angst, ich war hilflos und verwirrt.

Irgendwann resignierte ich und schluchzte nur noch leise in mein Kissen. Ich wollte weder denken noch fühlen. Ich wollte alleine sein und weinen. Ich wollte niemanden hören und sehen. Ich wollte Ruhe haben, und am liebsten wollte ich einfach tot sein.

Er brachte mir Tee und aß mit den Kindern zu Abend. Ich schämte mich vor den Kindern und ging nicht mehr zu ihnen. Immer wieder nahm ich mir vor, nicht mehr zu streiten, aber immer wieder tat ich es doch. Ich war schrecklich traurig und fühlte mich verlassen und einsam.

Ich schlief schlecht. Träume mit tiefen Abgründen ließen mich weinend aufwachen. Er lag neben mir und schnarchte friedlich. Ich versuchte, zu lesen. Unruhig schlief ich wieder ein. Am Morgen war ich wie gerädert. Nachdem er sehr spät aufstand und sich um die Kinder kümmerte, fand ich etwas erholsamen Schlaf. Zum Mittagessen ging ich runter. Ich fühlte mich schwach, meine Knie zitterten. Das Essen strengte mich an. Alle Geräusche verursachten mir Schmerzen. Schnell zog ich mich wieder ins Bett zurück.

Am späten Nachmittag raffte ich mich auf und ging ins Wohnzimmer. Er wühlte gedankenverloren auf dem Schreibtisch herum. Ich bügelte seine Hemden und packte seine Reisetasche für die nächste Woche. Ich ging zu den Kindern und weinte still in mich hinein. Nach einer Weile gingen wir zusammen das Abendbrot machen. Sie wussten, dass ich jetzt nicht mit ihm alleine sein wollte. Später las ich ihnen länger vor als sonst. Als ich zu Bett ging, schlief er zum Glück schon. Ich war leise, um ihn nicht zu wecken. Jetzt musste ich nur noch die wenigen Stunden bis zum Montagmorgen rumkriegen. Erst dann konnte ich erleichtert aufatmen.

****

Es dauerte noch einige Jahre, bevor meine Verzweiflung mir die Kraft gab, mich durch einen kräftigen und schmerzhaften Schnitt zu trennen. Ich hatte zu diesem Zeitpunkt mehrere Selbstmordversuche und viele Klinikaufenthalte hinter mir. So konnte ich nicht mehr weiterleben. Allerdings war es entsetzlich für mich, dass ich mich damals von meinen beiden Kindern, zwölf und dreizehn Jahre alt, trennen musste. Das war der Preis, den ich für meine Befreiung aus Sekte und Ehe zahlen musste.

Wie ein tödlich verwundetes Tier kroch ich mit letzter Kraft in eine sich anbietende »Höhle«. Ich war am Ende und brauchte Jahre, um mich allmählich wenigstens teilweise zu regenerieren. Selbst heute schmerzen die alten Wunden manchmal noch und nicht immer kann ich die Narben einfach vergessen!

Die 80er Jahre

Meine Träume

In der Zeit meiner schwersten Depression träumte ich nicht. Ich fühlte mich – ob wachend oder schlafend – innerlich unbeteiligt, wie tot. Mit therapeutischer Hilfe und geduldiger Disziplin – ich legte abends Schreibzeug ans Bett und schrieb mitten in der Nacht auf, was ich erinnerte – kam ich meinen Träumen allmählich näher. Abgesehen von Träumen, die neu für mich waren, kamen auch alte Träume an die Oberfläche. Ich träumte sie wieder oder erinnerte mich an sie.

Ein Traum, der mich seit meiner Kindheit viele Jahre verfolgte, war dieser: *Ich sehe eine elegante weiße Villa, umgeben von einem schön gepflegten Garten mit Bäumen und Sträuchern. An der Gartenpforte steht auf einem Sockel eine Putte, ganz nackt und aus weißem Stein. Zu der Haustür führen ein paar Stufen. Ich möchte gerne in das Haus. Sobald ich in die Nähe der Figur komme, wird diese lebendig, und ich bekomme schreckliche Angst. Ich laufe weg zum nahen, dunklen Wald. Die Figur läuft hinter mir her. Ich habe furchtbare Angst ...* und wache schreiend und weinend auf.

Auch in anderen Träumen wiederholt sich immer wieder, dass ich voller Angst weglaufe: *Mein Stiefvater ist hinter mir her. Er trägt einen Knüppel in der Hand oder andere bedrohliche Gegenstände. Ich versuche, ihm davonzurennen. Doch meine Knie sind schwer wie Blei und gehorchen mir nicht. Ich komme nicht von der Stelle, trotz all meiner Anstrengung. In dem Moment, wo er mich erreicht, wache ich laut schreiend und weinend auf.*

Die Angst dieser Träume hielt oft noch Stunden an. Ich konnte nicht wieder einschlafen, weil ich Angst vor dem Traum hatte. Erst jetzt wird mir stückweise bewusst, in welch schlimmen Klima der Angst ich als Kind lebte.

Die Gefahr, in der ich aufgewachsen bin, scheint mir am besten durch meine Babyträume deutlich zu werden. Diese Träume waren von einer tiefen Trauer begleitet. Ich weinte hinterher oft um das Traumbaby. Außerdem spürte ich ein inneres Entsetzen, das ich kaum ertragen konnte. So geht es mir auch heute noch. Obwohl ich meine persönlichsten Erlebnisse niederschreibe, halte ich innerlich eine erträgliche Distanz. Ein maßloses Entsetzen ist in mir, das ich immer noch nicht ertragen kann.

Ich bin im Wasser, in einem Fluss mit hohen Wellen. An der rechten Hand halte ich ein Kind. Ich versuche, seinen Kopf über Wasser zu halten. Es wird öfters von Wellen überspült. Ich halte es noch höher. Ich komme nahe ans Ufer. Da stehen Leute, es ist mitten in der Stadt. Ich rufe um Hilfe. Als ich nahe am Ufer bin, reiche ich den Leuten das Kind. Sie nehmen es mir ab und versorgen es. Ich selbst konnte nicht raus. Ich habe außerdem eine grüne Plastiktüte in der Hand, etwas zusammengedrückt. Da ist noch ein winziges Baby drin, um das ich mich jetzt kümmern kann. In der Tüte war noch Luft und es konnte kein Wasser hinein. So lebt das Baby, trotz der komischen Umstände. Irgendwie komme ich mit dem Baby ans Ufer und die Gefahren sind vorbei.

Hoffnung keimt

Nachdem 1968 mein drittes Kind fünfzehn Minuten nach der Geburt gestorben war, träumte ich oft von Babys. Im Traum vernachlässigte ich sie, ließ sie verhungern oder kümmerte mich nicht ausreichend um ihr Wohlbefinden. Ich fühlte mich schrecklich schuldig. Nach dem Aufwachen fühlte ich mich elend, und ich begann, die Babyträume zu fürchten.

Einige Jahre später zeigte mir eine Ärztin einen anderen Zugang zu diesen Träumen. Sie ließ mich das Baby nicht mehr als Verlust sehen, sondern als etwas Neues, das in mir ist und Pflege braucht. Meine Einstellung zu diesen Träumen änderte sich langsam. Mit der Zeit freute ich mich, wenn ich von Babys träumte, denn mir wurde bewusst, dass in mir etwas Lebendiges wuchs.

Ich bin in einer hügeligen Gegend. Am Fuße der Berge liegt ein See. Ich stehe oben und kann hinuntersehen. Kleine Orte liegen verstreut da. Es ist eine Feriengegend, in der man Urlaub macht. Plötzlich sind meine Kinder bei mir. Sie lachen, tollen und toben. Unser Hund spielt mit ihnen. Meine Kinder sind so zehn und elf Jahre alt, aber die Gesichter scheinen älter zu sein. Ein Mann kommt und schimpft, weil der Hund ein Schaf gebissen hat. Wir fangen den Hund ein, damit er nicht von dem wütenden Mann erschossen wird. Wir gehen auf Straßen und Wegen spazieren.

Plötzlich sind die Kinder nicht mehr da, sondern meine Mutter. Ich bin in der Nähe eines Ferienhauses mit einer großen Halle zum Spielen und Turnen. Wir sehen uns die Halle an. Ein Baby spielt mit einem Ball. Er rollt unter einen Schrank. Ich helfe und hole den Ball heraus. Das Baby krabbelt auf dem Bauch und spielt mit dem Ball. Wieder rollt er unter den Schrank. Ich hole ihn, dabei zeige ich dem Baby, wie man ihn herausbekommt. Als der Ball wieder unter den Schrank rollt, verhält sich das Baby richtig. Ich bin zufrieden, weil ich weiß, dass es nun alleine zurechtkommt. Ich gehe fort.

Dieser Traum spiegelt unter anderem meine Geduld beim Lernen wider. Ich fühlte mich auch zufrieden, als ich ihn aufschrieb. Nachdem ich mich aus der Sekte mit 31 Jahren gelöst hatte, musste ich viele Dinge in der normalen Welt lernen. Oft kam ich mir unwissend vor wie ein Baby.

Eine neue Bedeutung

Ich befinde mich mit meinem Partner im Auto auf einer Straße. Es ist Winter, Schnee liegt. Wir fahren langsam. Ich sehe ein Kind auf der Straße, einen Ausländerjungen, etwa zehn Jahre alt. Wir halten, ich renne zurück zu ihm. Er kniet über etwas, ich decke es auf. Ein Kinderkopf liegt da, blutig und noch warm, ohne Körper, statt dessen ein Besenstiel. Ich schaue mich um. Da liegt ein Bündel, das ist der Körper. Ich nehme Tücher und Tüten, lege Kopf und Körper schnell, aber vorsichtig hinein, decke alles zu, damit niemand davor erschrickt. Ich gehe zum Auto und sage: „Fahr ganz schnell!" Ich will zu einem Arzt oder ins Krankenhaus. Ich weiß nicht, ob Hilfe möglich ist, aber ich weiß, dass ich es versuchen muss. Mich ekelt das alles nicht. Für mich ist das, was ich tue, ganz selbstverständlich. Dem kleinen Jungen hatte ich etwas Beschwichtigendes gesagt. Er wusste nicht, womit er da spielte. Er wirkte sehr nett, aber verträumt.

Zehn Jahre nach meiner Trennung aus der ersten Ehe und aus der Sekte hatte ich einiges dazugelernt. Die Gefühle in meinen Träumen veränderten sich und ich verstand sie auf neue Weise: Lebensbedrohliche Situationen für mein inneres Kind bewältige ich mit viel Kraft und Einsatz. Das Kind in mir war zwar immer noch in Gefahr, aber ich lasse es nicht mehr alleine wie früher. Ich tue alles, um dem Kind das Leben zu ermöglichen oder zu erhalten. Das wird mir durch solche Träume bewusst. Es ist ein gutes Gefühl, und ich bin zufrieden mit mir.

Beziehungsweisen

Vor dem Einschlafen nahm ich mir vor, zu träumen und den Traum zu behalten. Ich wollte etwas träumen, was mir über meine Beziehungen etwas mitteilte.

Ich hockte auf einem Bett. Das Bett stand in einem Zimmer an einer Wand. Ich war gerade dabei, mich zurechtzusetzen, denn ich wartete auf jemanden. Ich war nicht im Bett, um zu schlafen. Ich war angezogen.

Als die Tür aufging, blickte ich hoch. Als ich sah, wer kam, war ich verwundert. Ein Mönch in einer großen hellbraunen Kutte kam herein, machte die Tür zu und kam sofort zu mir. Ich sagte etwas Abweisendes, aber er kam zum Bett, ganz nah. Ich sagte: „Ich bin nicht im Bett, um zu schlafen." Aber er hörte gar nicht zu, kam zu mir, nahm meine Hände und küsste sie, beugte seinen Körper über mich und berührte mich.

Er benahm sich nicht wie ein gesunder Mann, sondern wie ein kranker Idiot. Er erdrückte mich durch seine Nähe. Mir wurde ganz eklig. Ich wusste aber, dass es nichts nutzte, wenn ich schrie. Ich versuchte, ihn mit meinen Armen wegzudrücken. Nach längerer Zeit gelang es irgendwie, aber er ließ mich nicht los, küsste mich weiter, küsste wild drauflos, ohne zu sehen, wohin. Er küsste meine Hände, meine Arme, meine Kleider. Er berührte mich nicht direkt sexuell, aber es war mir eklig und unangenehm.

Irgendwann hatte ich es geschafft, ihn vom Bett und aus dem Zimmer zu bekommen. Wir waren im Flur. Er klammerte sich an meine Hand, ich brachte ihn zur Treppe. Noch durch das Geländer klammerte er sich an meinen Arm. Dann war er weg. Ich stand an der Treppe, im Haus meiner Kindheit. Irgendwo sah ich meine junge Großmutter, wie sie war, als ich noch bei ihr im Haus lebte. Sie strahlte Ruhe, Freundlichkeit und Verständnis aus.

Als ich aufwachte, jammerte und stöhnte ich laut und hatte noch das hässliche Gefühl von der erdrückenden Nähe. Als ich nach dem Aufschreiben des Traums wieder zu Bett ging, stellte ich mir den Traum wieder vor und sprach mit dem Mönch:

Was willst du von mir?
Er gab mir keine Antwort, sondern benahm sich wie ein winselnder Hund.
Hau ab, ich will dich nicht mehr sehen!

Da war es mir, als ob er ging, aber es waren zwei, die gingen. Zwei Verschiedene und doch so ähnlich. Es war das unechte fromme Getue und das unechte liebevolle Getue. Ich machte mir Gedanken zu der Mönchsfigur: Unter der weiten Kutte war die wirkliche Person verborgen, sie war nicht zu erkennen. Auch durch frommes oder liebevolles Getue ist die wirkliche Person nicht zu erkennen.

Ich will keine Beziehung zu irgendeiner Maske, sondern zu dem wirklichen Menschen, der dahintersteht. Das Getue ist mir zuwider. Ich kann besser eine unangenehme Wahrheit über die wirkliche Person ertragen als unechtes Getue. Im Traum habe ich es geschafft, den Mönch wegzuschicken. Trotzdem wachte ich mit Beklemmungen auf. Die Befreiung, die im Traum stattfand, ist nicht bis in meine wache Wirklichkeit vorgedrungen. Vielleicht habe ich manchmal Angst davor, den Mönch wegzuschicken, weil ich glaube, ich muss Mitleid mit ihm haben. Irgendwie ist er ja krank, und deswegen müsste ich eigentlich Verständnis für ihn haben. Ich will aber mein Mitgefühl nicht an frommes und liebevolles Getue verschwenden.

Ich will selbst echt sein, dazu gehört, dass ich auch nur dem echten Menschen Mitgefühl entgegenbringen kann. Ich will gerne wie meine Großmutter sein, stark und wohlwollend. Ich will mich nicht durch Getue benutzen und missbrauchen lassen. Das macht mir nur Angst.

Drei Jahre nach diesem Traum wird mir klar, wie viel ich selbst diese Unehrlichkeit gelebt habe. Ich habe zu oft auf den Partner Rücksicht genommen. Ich habe mich selbst unterdrückt in tausend Kleinigkeiten des Alltags. Ich habe vieles getan, um Konfrontationen zu vermeiden. Ich habe die Enge mit verursacht.

Inzwischen übe ich, in Beziehungen echter und ehrlicher zu sein. In manchen Situationen strengt es mich noch an, und manchmal rutsche ich unbemerkt in alte Verhaltensmuster zurück. Aber ich erkenne es dann bald danach. Ich fange von vorne an. Ich gebe nicht auf. Ich bin nur mit mir zufrieden, wenn ich echt bin.

Jetzt, viele Jahre später erkenne ich noch anderes. Dieses unehrliche Verhalten wurde in meiner Sekte eingeübt und gefördert. Die ehrlichen Gefühle durfte man nicht zeigen. Eine abweichende Meinung durfte man nicht äußern. Als ich mal mit unseren Vermietern Streit hatten – sie waren auch in der Sekte – brauchten wir einen Diakon als Vermittler. Er gab uns nach einem unerfreulichen Gespräch ohne Einigung den Rat: „Baut im Himmel eure Häuser weit auseinander!" Mich erschüttert diese Aussage bis heute.

Toleranz für den Standpunkt von zwei unterschiedlichen Menschen gab es einfach nicht. Auch Verständnis bekam ich nicht. Stattdessen empfand ich Gleichgültigkeit an meinem Wohlergehen. Doch ich war aus irgendeinem mir unbekannten Grund immer davon überzeugt, dass ein sinnvolles Leben nicht erst im Himmel beginnen kann, sondern schon hier stattfinden muss.

Bei einer anderen Gelegenheit wurde mir die doppelte Moral schmerzlich bewusst. Vieles war verboten, so auch Kaffee, Schwarztee und Alkohol. Ein älterer Mensch aus der Sekte gab mir mal den Rat: „Wenn du mal ein Gläschen Wein trinken willst, dann tu es hinter verschlossenen Türen!" Dieses unehrliche Gebaren hat mich in vielen kleinen Situationen an den Rand der Verzweiflung getrieben. Ich nahm meinen Glauben ernst und wollte es gerne richtig machen. Doch die anderen nahmen längst nicht alles so ernst wie ich, sahen nicht, was ich sah und empfanden offenbar ganz anders als ich. Kein Wunder, dass mir niemand einen wirklich guten Rat geben konnte, den ich um Hilfe bei meinen schweren persönlichen Belastungen bat.

Der Mönch als Figur ist ein treffendes Bild für meinen ersten Mann. Doch er passt ebenso auf seine Mutter und etliche andere Einzelpersonen. Insgesamt ist in diesem Bild vom Mönch aber auch die Atmosphäre eingefangen, die die gesamte Sekte verbreitete.

Bomben der Einsamkeit

Ich bin am Rande einer großen düsteren Stadt. Noch andere Menschen sind auf der Straße. Es ist alles grau und ohne Schönheit. Plötzlich tauchen am Himmel zwei große Flugzeuge auf, riesengroß, viel größer als in Wirklichkeit. Es sind amerikanische Bomber, sie fliegen ganz niedrig, ich kann die Bomben sehen. Ich höre keine Geräusche. Die Menschen laufen schnell in die Häuser. Ich und etwa zehn andere erreichen nur das Erdgeschoss, es ist leer, große kahle Räume. Wir ducken uns auf den Fußboden, Knie unter dem Bauch, Kopf auf den Knien und Arme darüber. Es ist alles ganz ruhig. Ich weiß, dass unten im Keller ebenfalls Menschen sind. Das ganze Haus kommt in Bewegung. Der Keller bricht total zusammen und beerdigt alle. Die Ebene, auf der ich bin, bleibt heil, es ist nur alles schief und staubig. Es ist ganz ruhig, wie vorher. Der Staub ist tödlich. Ich denke, immer noch unbewegt und in gleicher Körperhaltung: „So einfach ist es, zu sterben, ohne Schmerzen, ganz ruhig und still." Nach einer Weile merke ich, dass der Staub fort ist und ich noch lebe. Ich gehe raus auf die Straße. Die Flugzeuge befinden sich über dem Stadtkern. Es sind zwar noch Menschen da, aber ich fühle mich sehr einsam.

In diesem Traum konnte ich nichts tun, außer abzuwarten. Das ist nicht meine Stärke im praktischen Leben. Viel lieber werde ich aktiv. Ich erinnere mich an ähnliche Träume: Von Bomben träumte ich als Kind und auch später noch häufig. Manchmal war es auch ein Erdbeben, das große Erdspalten aufriss und ich stand immer kurz vor dem Abgrund und kam nicht auf die andere Seite. Diese Träume standen in Zusammenhang mit dem Weltuntergang, mit Gott als Richter und mit meinem Gefühl, nicht gerettet zu werden. Es waren Angstträume, die mich sehr bedrückten und meine Selbstzweifel verstärkten. Ich fühlte mich schuldig, ohne zu wissen warum und litt schrecklich darunter, dass ich offenbar nicht erlöst wurde.

In diesem Bombentraum ist es anders. Ich kann nichts tun, aber ich fühle mich auch nicht schuldig. Ich bin gelassen und erwarte den Tod, der nicht kommt. Und erst zum Schluss spüre ich, wie einsam ich bin. Die Einsamkeit machte mich sehr traurig und ich begann, sie auch im Wachbewusstsein zu empfinden. Ich löste mich gerade aus einer Beziehung, in der ich emotional stark abhängig war. Doch mein Partner hatte sich für eine andere Frau (meine Schwester) entschieden. Es fiel mir sehr schwer, mich abzunabeln und selbständig zu werden.

Die alten Bilder

Ich lebte mit meiner Schwester in einer Wohnung zusammen. Meine Stimmung war gedrückt. Meine Schwester verlangte wortlos, dass ich meine alten Bilder von der Wand nahm. Viele waren mit Stecknadeln an der Tapete befestigt. Ich nahm sie langsam ab. Es strengte mich maßlos an und machte mich sehr traurig. Ich fühlte mich verwirrt und verstand das alles nicht.

Ich wachte laut schluchzend mit Tränen in den Augen auf. Am Abend zuvor hatte meine Schwester viele meiner Meinungen und Vorstellungen in Frage gestellt. Ich hatte keine guten Argumente, wurde aber während des Gesprächs sehr traurig. Weil ich nichts Besseres wusste, zweifelte ich an mir und „hängte meine alten Bilder ab". Der Traum verstärkte meine Traurigkeit und diese hielt noch lange an.

Erst fünfzehn Jahre später begriff ich, dass ich damals von meiner Schwester zum „Auszug" bewegt wurde. Wir lebten etwa zwei Jahre in einer Wohnung und teilten uns „meinen" Mann. Etwa eineinhalb Jahre nach diesem Traum bin ich wirklich ausgezogen. Meine Schwester ist seit einigen Jahren mit meinem zweiten Mann verheiratet und hat zwei Töchter mit ihm. – Diese Menschen sind seit Langem meine innigsten Freunde.

Überwundene Angst

Ich lag auf der Erde und schaute in den Himmel. Es war mir bewusst, dass ich auf der Erdkugel lag. Mir war so, als sei ich allein auf der Erde. Die Sonne schien, und es war blauer Himmel, mit ganz kleinen Wolken. Alles war angenehm warm und strahlend. Ich blickte in den Himmel und sah die Wolken an. Plötzlich veränderten die Wolken ihr Aussehen. Sie verdichteten sich und sahen aus wie helle Felsplatten, die aneinander passten. Es war, als ob die Kugel von einer zweiten Kugel umgeben wäre. Der 'Himmel' war sehr massiv geworden. Die Steine waren hell. Plötzlich kamen sie näher, und ich bekam fürchterliche Angst. Ich spürte: Das ist das Ende, so wie das Ende der Welt oder das Ende für mich. Jedenfalls hatte ich schreckliche Angst. Aber nur einen kurzen Augenblick. Im Traum begann ich, zu denken: Wenn alles, was geschieht, gut und richtig ist, dann ist es auch richtig, wenn jetzt die Welt untergeht. Meine Angst verschwand, sobald ich so dachte. Ich wachte auf.

Ich war mir des Traumes voll bewusst und wunderte mich, dass ich kein Herzklopfen hatte. Ähnliche Träume von Weltuntergängen kamen in meine Erinnerung. Ich hatte sie oft geträumt, vor allen Dingen in der Zeit, als ich noch in der Sekte war. Es waren schreckliche Abgründe, in die ich stürzte. Ich fühlte mich so furchtbar schuldig, hilflos und ausgeliefert. Ich konnte nichts tun, nichts verändern. Ich versuchte oft, wegzulaufen, aber es gelang nicht. Diese Träume waren schrecklich anstrengend und bedrückten mich immer viele Tage. – Jetzt wollte ich schnell zu meinem Partner ins Nebenzimmer laufen, um mich trösten zu lassen. Doch ich brauchte keinen Trost mehr, denn ich hatte keine Angst! Ich fühlte mich von einem großen Druck und einer schweren Last befreit!

Mein betrauertes Leben

Viele Frauen sind in einem Haus, auch meine Freundin Rosi. Wir machen Hausarbeit. Ich sage: „Und Dienstag müssen wir wieder zur Schule." Eine andere Frau sagt: „Heute auch, denn es ist Freitag." „Ich finde die Schule doof. Die Arbeit gefällt mir, aber in der Schule lernen wir nur so theoretisch. Ich will gar keinen Abschluss", sage ich. Die vorige Frau bestätigt das. Aber Rosi und noch eine Frau wollen ihn. Ich entschließe mich, nicht mehr zur Schule zu gehen. Ich will lieber arbeiten.

Ich wünschte mir manchmal, eine bessere Schulbildung und Berufsausbildung zu haben. Einmal für mich selbst und auch, um etwas „vorweisen" zu können. Oft dachte ich darüber nach, ob ich noch einmal zur Schule gehen sollte, um etwas nachzuholen. Aber ich spürte, dass ich mich damit seelisch überfordert hätte. Mein Bedürfnis war auch eher praktischer Natur, denn ich wollte das lernen, was ich im Alltag gebrauchen und umsetzen konnte. Alles andere interessierte mich selten lange und ich vergaß es wieder.

Viele Jahre habe ich auch unter meinem Mangel an Allgemeinbildung gelitten, der durch das enge Weltbild der Sekte entstanden war. Durch mein aktives Interesse, durch intensives Lesen und Zuhören habe ich mit der Zeit vieles aufgeholt. Trotzdem kann ich noch manchmal traurig sein, weil ich keine besseren Startmöglichkeiten hatte.

Geschäftsfrau

Ein Ehepaar hat mich eingeladen. Wir besichtigen eine Fabrik, die sehr zarte, duftige Nachthemden herstellt. Die Frauen im Büro tragen solch zarte Gewänder. Was sie herstellen, freut sie so sehr, dass sie es tragen wollen. Ein Mann denkt, ich sei eine Geschäftsfrau und will mir Musterstücke zeigen und schenken. Darüber kommt der Chef und klärt das auf.

Ich gehe durch den Flur in einen großen Garten. Dort ist ein Fest mit eleganten Gästen. Ich bin eine Weile da, gehöre aber nicht dazu. Ich stehe auf, gehe weiter zum Meer, dort wartet das Ehepaar. Ich besteige einen Hügel, um das Wasser zu sehen. Am Ende des Hügels ist ein Abgrund, ganz unten das Meer, schwarz und klein. Ich habe Angst, lege mich auf den Bauch, um nicht abzustürzen. Sehe das kleine schwarze Wasser – ich hatte Meer erwartet, grün mit großen Wellen.

Zu der Zeit dieses Traumes war ich seit zwei Jahren beruflich ganz selbständig. Ich lernte nur langsam den Umgang mit geschäftlichen Dingen und war in vielem unsicher Ich wollte auch keine 'Geschäftsfrau' sein. Irgendetwas störte mich daran. Dieser Traum lässt mich erkennen, dass ich mich immer noch nicht zugehörig fühle. Ich hatte bis zu diesem Zeitpunkt noch keinen Weg gefunden, um mich als vollwertiges Mitglied der normalen Gesellschaft zu empfinden. Das war knapp zehn Jahre, nachdem ich die Sekte äußerlich hinter mir gelassen hatte. Die alten Muster saßen tief!

Neu dekorieren?

Ich gehe in ein Geschäft. Dort packen einige Frauen Ware aus. Die Besitzerin (später bin ich das selbst) dekoriert ein Regal mit Schmuck. Der ist zwar schön, aber das ist nur von Nahem zu sehen. Das Regal steht so, dass es von draußen zu sehen ist. Die Besitzerin sagt: „Wenn es nicht gut aussieht, dekoriere ich es nachher um."

Ich gehe in die obere Etage. Auch da packen Frauen Ware aus. Die meisten Regale sind noch leer. Es gibt auch etwas mit Astrologie, Texte auf Tafeln. Das sind meine Texte, aber es beeindruckt mich nicht. Es ist nur wichtig, dass sie in der richtigen Reihenfolge der Tierkreiszeichen aufgebaut werden. Aber ich brauche mich nicht darum zu kümmern.

Ich gehe wieder hinunter. Die Besitzerin hat das Regal von vorhin umdekoriert. Ich gehe auf die Straße und sehe es von außen. Es sind wunderschöne leuchtende Röcke. Der Stoff ist hell glänzend, und er schimmert in allen Regenbogenfarben. So etwas Schönes habe ich noch nie gesehen. Ich blicke genau hin und sehe, dass rosa Babysachen weiter unten im Regal liegen. Alles ist hell und ansprechend. Man kann es von Weitem gut sehen, und es lockt, näher zu kommen. Ich fühle, dass es so richtig dekoriert ist, und bin zufrieden.

Obwohl dieser Traum sehr klar war, habe ich ihn bisher schwer verstanden. Doch das Gefühl der Zufriedenheit war stark und eindeutig. Ich vermute, dass ich mit dem Umdekorieren in meinem Inneren – mit der Veränderung der Werte – zufrieden war.

Die bekannte Kirche

Ich war in einer Stadt zu Besuch, die ich aus meiner Jugend kenne. Ich ging mit meinem Neffen, durch die Straßen. Ich erkannte die Gegend wieder und sah auf einmal viele Menschen, die zu einem bestimmten Ort strebten. Es fiel mir ein, dass dort die Kirche war. Ich war früher öfter in dieser Kirche und hatte mir viel Kraft von dort geholt, als ich sehr bedrückt und krank war. Daran erinnerte ich mich jetzt, und ich ging in die Kirche. Sie war sehr voll, doch der Priester erkannte mich. Nicht, dass wir uns schon gesehen hätten. Er spürte meine tiefe innere Beziehung zu dieser Kirche. Jetzt ging es mir gut, und ich war fröhlich. Aber ich hatte nicht so viel Zeit, um für die ganze Messe zu bleiben. Wortlos verstand der Priester das. Ich ging hinunter zu dem großen Kirchenraum, und der Priester stand oben an der Treppe und gab mir ganz alleine den vierfachen Segen. Mit fröhlichem und dankbarem Herzen ging ich aus der großen Tür hinaus und zurück.

In dem Traum erinnerte ich mich an die Kirche, sie war mir bekannt. Als ich wach war, musste ich lange überlegen. Ich wusste nicht, ob ich die Kirche wirklich kannte und ob es sie wirklich gibt. Jetzt weiß ich, dass ich diese Kirche in der Realität nicht kenne. Doch aus Träumen ist sie mir sehr vertraut. Die Träume, die in dieser Kirche 'spielten', liefen gleich ab:

Ich schlich mich durch die große Tür vorsichtig in die Kirche. Es waren viele Menschen da. Ich gehörte nicht zu ihnen. Trotzdem zog es mich immer wieder in die Kirche. Ich konnte oft nichts oder wenig sehen, aber in einer bestimmten Ecke war irgendetwas Besonderes. Ich weiß nicht genau, was es war, aber vielleicht ein besonders heiliger Marienaltar. Ein Kraftpunkt jedenfalls. Das spürte ich.

Es war nicht so wichtig, dass ich diesen Kraftpunkt sah, aber ich musste manchmal in seiner Nähe sein. Es ging mir schlecht, wenn ich in die Kirche ging und versuchte, dort Kraft zu tanken. Um die Kirche herum war ein Park mit schönen Blumen. Das Seltsame an dieser Kirche war, dass man Stufen hinuntergehen musste, um in das Kirchenschiff zu gelangen. Beidseitig führten schöne breite Stufen hinunter.

In meinem heutigen Traum ging es mir nicht schlecht, als ich die Kirche betrat. Ich war nicht bedrückt und krank, sondern es war selbstverständlich, dass ich in die Kirche ging, weil ich in der Nähe war. Der Traum war leicht, locker, fröhlich und ganz anders. Im Traum war mir bewusst, dass der Kraftpunkt da war. Die Kraftpunkte in Kirchen liebe ich auch heute noch. Ich besuche gerne Kirchen, besonders liebe ich Marienkirchen, weil in ihnen kein leidender Gekreuzigter im Mittelpunkt ist.

Häuser

Sehr oft habe ich von Häusern geträumt. Träume der folgenden Art begleiteten mich etwa von meinem fünfzehnten Lebensjahr an. Die Träume ließen mich unglücklich und erschöpft aufwachen. Sie waren wie eine Krankheit. Ich verstand sie nicht und sie belasteten mich. Ich war diesen Träumen hilflos ausgeliefert und oft genug wachte ich weinend auf: *Die Häuser waren normal bewohnt. Menschen aßen und tranken, sprachen miteinander oder liefen herum. Ich hatte ständig das Gefühl, dass mich niemand bemerken darf. Ich fühlte mich unsichtbar, war mir aber nicht sicher, ob es wirklich stimmte. Ich konnte durch seltsame Wege von einem Haus ins nächste gehen. Ich wanderte ängstlich durch Keller und Speicher, Treppen rauf und runter, mitten zwischen „normalen" Menschen hindurch, und ich fühlte mich immer schlecht. Es gab nie etwas Bekanntes, weder Menschen noch Häuser waren mir vertraut. Das Fremde ängstigte mich, aber ich musste dort durchgehen. Es war, als ob ich etwas suchte und es nie fand.*

Meine strenge christliche Erziehung legte Wert darauf, dass ich nicht gesehen wurde. Das wird in diesen Träumen deutlich, denn ich fühlte mich oft, als ob ich unsichtbar sei. Ich kenne aus dieser Zeit das Gefühl, kein Zuhause zu haben. Doch die „Wirklichkeit" sah anders aus: Ich war in der Zeit dieser Träume in erster Ehe verheiratet, hatte eine Wohnung, Kinder, Freunde, Bekannte und alles, was zu einem 'normalen' Leben gehört. Alles war eingefahren und hatte seinen festen Rhythmus. Ich war wie andere Menschen eingebunden in Arbeit und Pflichten. Meine Kontakte beschränkten sich auf die Menschen in meiner Sekte. Alle „normalen" Menschen waren mir eher fremd. Ich fühlte mich oft unglücklich und war viel krank. Ich spürte, dass etwas für mich nicht stimmte, und suchte Hilfe bei Menschen, denen ich vertraute: bei meinen Ärzten; bei Pastoren und Seelsorgern meiner Sekte; in „frommen" Büchern. Doch ich wurde mit Allgemeinplätzen abgespeist, fühlte mich nicht verstanden und wusste selbst auch keinen Weg, um mein Unglück zu beenden. Ich suchte wirklich etwas und fand es nicht, wie im Traum!

Erst als ich mit einunddreißig Jahren mein gewohntes Leben verließ und mich wirklich in „fremde Häuser" gleich „unbekannte Situationen" begab, änderte sich für mich allmählich etwas. Ich lernte, mit normalen Menschen außerhalb meiner Sekte umzugehen. Ich schrieb Gedanken und Gefühle auf, um mir über mich selbst klar zu werden. Vorher hatte ich Hilfe von Autoritätspersonen erwartet. Jetzt bekam ich Hilfe, wo ich sie nicht vermutet hatte. Ich begann, mich wichtig zu nehmen und mich mit verständnisvollen Menschen auszutauschen. Endlich fand ich den Zugang zu einem normalen Leben, den ich offenbar schon immer gesucht hatte!

In einer anderen Art Häusertraum zog ich ständig um: *Es waren Häuser, die mir nicht gefielen. Sie waren schmutzig oder schrecklich verschachtelt gebaut. Es waren oft alte Möbel und Kleider darin. Diese Häuser bezog ich mit meiner Mutter und meinen jüngeren Schwestern. Keiner kümmerte sich um etwas, nur ich sah, was getan werden musste. Ich sagte den anderen, dass sie helfen sollten und was sie tun sollten. Doch sie nahmen das selten ernst. Obwohl ich ununterbrochen arbeitete, um Ordnung zu schaffen, war meine Mutter nie zufrieden. Sie kritisierte mich und strafte mich mit vernichtenden Blicken. Enttäuscht und wütend arbeitete ich weiter, obwohl mir klar war, dass ich es allein nicht schaffen konnte.*

Diese Träume wiederholen sich von Zeit zu Zeit. In ihnen wird mir die Kälte und Abweisung meiner Mutter so deutlich, wie das im Wachbewusstsein selten geschehen ist. Die Kälte lässt mich frieren. Mir wird durch diese Träume bewusst, wie viel Verantwortung ich schon als Kind tragen musste. Gleichzeitig spüre ich im Traum auch deutlich, dass meine Mutter das nie anerkannt hat. Von meinen Schwestern ganz zu schweigen.

„..., *dass ich es allein nicht schaffen konnte*" verstehe ich inzwischen auch noch so, dass ich keine gute Beziehung zu meiner Mutter herstellen kann, wenn sie nicht ihren Teil dazu tut. Das habe ich lange Zeit nicht wahrhaben wollen. Auch als ich längst aus dem Haus war, habe ich immer viel gearbeitet für sie, um sie zu entlasten. Erst vor zwei Jahren habe ich damit aufgehört, nachdem sie mir sagte: „Wir passen nicht zusammen" und den Kontakt zu mir abbrach. Ganz langsam hört es auf, mich zu belasten.

Zufrieden

Eine Gruppe Menschen wird ausgeschickt, um etwas Bestimmtes zu sammeln, zu suchen: Eisenstücke, die verrostet sind, alle flach und schwer und ineinander verknotet. Blaue dicke runde Früchte, wie Trauben, aber nicht so wachsend, sondern einzeln zu pflücken. Die Gegend ist waldig und unwegsam. Ein grasiger ungepflegter Weg, viel trockenes Gestrüpp, rechts ein hoher Maschendraht, der über einem Abgrund befestigt ist. Aber am Draht sind die schönsten Früchte. Ich hänge fest am Draht, bin rein geklettert, um die Früchte zu pflücken.

Auf einmal schaue ich runter ... unter mir ist kein Boden, sondern eine schwindelerregende Tiefe, ein Abgrund von 1000 Metern. Ich erschrecke und habe Angst, strecke meine Hand aus, um wieder auf den Weg zu kommen. Hände strecken sich mir entgegen, nehmen meine Hand und legen sie um eine Eisenstange am Ende des Zauns. Daran halte ich mich fest und klettere langsam weiter. Ich sehe die Menschen nicht, die mir helfen, aber ich habe das Gefühl, es sind zwei oder mehr Männer. Ich stehe wieder auf festem Boden. Ich sehe, dass jemand viel des gesuchten Eisens in der Hand trägt. Mir scheint, ich habe gar nichts.

Ein Kind, vier bis sechs Jahre alt, kommt den Weg entlang gelaufen, will zu der gefährlichen Stelle. Ich nehme es, halte es fest, gehe ganz nah mit ihm an den Abgrund und erkläre ihm die Gefährlichkeit. Zuerst ist es unwillig, weil ich es aufhalte. Als es dann den Abgrund sieht, ist es verständig. Wir gehen alle von der Stelle weg. Jemand kommt uns entgegen und fragt, ob wir Früchte hätten. Ich habe keine und sage es, aber ich bin nicht traurig oder unzufrieden.

Meine Gedanken zu diesem Traum nach dem Aufschreiben: Ich habe den Eindruck, dass ich in diesem Traum sehr selbstsicher bin. Obwohl ich nichts gesammelt habe, was ich vorweisen oder abgeben kann, fühle ich mich stark und selbstsicher. Ich habe nicht den Eindruck, dass mir etwas fehlt. Vielleicht war die Erfahrung wichtiger als die Früchte. Der Weg und die Handlung sind wertvoller, als ein vorzeigbares Ergebnis.

Heute kann ich auch die helfenden Hände im Traum verstehen. Ich habe an vielen Stellen meines Lebensweges diese helfenden Hände von Menschen gereicht bekommen. Zwei meiner Lehrer waren solche Helfer und auch die Familie, in der ich meine zweijährige Hauswirtschaftslehre machte. Eine Bäuerin in der Nachbarschaft war besonders nett und freundlich zu mir. Ich war gerne bei ihr und arbeitete gerne mit im Stall und auf dem Feld. Normale Menschen, bei denen ich während meiner ersten Ehe im Haushalt arbeitete, spielten eine ausgleichende Rolle für mich. Sie respektierten mich ohne Vorbehalte. Durch meine Freundin aus der Schulzeit erfuhr ich Anerkennung und Unterstützung. Nach meiner Trennung aus Ehe und Sekte war es die Familie meines zweiten Mannes, bei denen ich liebevolle Toleranz erfuhr.

Der letzte Absatz des Traumes zeigt, dass ich meine Erfahrung mit anderen teile. Gerne gebe ich weiter, was ich durch das Leben gelernt habe. Jeder Mensch, der meine Hilfe in Anspruch nimmt, ist eine Bereicherung für mich.

Verwurzelt

Immer wieder gibt es Minuten, in denen ich mich schwach und klein fühle. Sie gehen vorbei und ich weiß, dass ich sie ertragen kann. Mit der Zeit werden es immer weniger Minuten werden. Ich verändere mich, ich wachse und werde stark. Ich kann das Leben mit seinen Hochs und Tiefs nicht nur ertragen, sondern schön finden. Es macht mir Spaß, Risiken einzugehen. Es reizt mich und belebt mich ständig. Ich fühle mich wie ein Baum mit tiefen starken Wurzeln. Ich fürchte mich nicht vor einem Sturm. Ich bin – endlich – stark genug, um die schönen Seiten des Lebens zu genießen.

Will und Muss

In meinem Herzen sind zwei Dinge,
die wollen mich regieren.
Ob ich's zum guten Ende bringe?
Wohin wird mich das führen?

Das eine ist das Ich, das will,
das andere ist das Muss.
Das Wollen bringt Zufriedenheit,
das Müssen nur Verdruss.

Und Will und Muss die führen Krieg,
verbittert und entzweit.
Das Muss erlangt so oft den Sieg,
das falsche Ich gedeiht.

Dem Wollen mangelt gute Kraft.
Es ist ihm alles schwer.
Ob es den Sprung zur Tat noch schafft?
Ich glaub' es fast nicht mehr.

Und wie ich ganz am Ende bin
mit aller meiner Kraft,
da hat das Will mit starkem Sinn
zum Tun sich aufgerafft.

Ein jedes Wollen, das zur Tat,
ist wie ein schöner Sieg.
Ob steil und mühsam auch der Pfad,
jetzt endet aller Krieg.

Ganz wunderbar ist alles nun.
Und Zweifel gibt es keins:
Ich kann das, was ich will auch tun.
Jetzt bin ich endlich Eins!

Die 90er Jahre

Fühlen, was Leben ist 1991

Schon immer war ich ein lebhafter Mensch, aber in den letzten Jahren hat sich an meiner Lebendigkeit doch einiges wesentlich verändert. Als Kind wurde ich, wie die meisten Menschen unserer Gesellschaft, zum Gehorsam erzogen. Ich durfte nicht sprechen, wenn ich nicht gefragt wurde. Tat ich es doch, wurde ich vorwitzig und frech genannt. Außerdem gab es viele ungeschriebene Gesetze, was den Inhalt anbetraf. Es gab Sachen, die sagte 'man' einfach nicht. 'Man' fragte nicht, wenn man eine dicke Frau sah, warum ist die denn so dick? Das schickte sich nicht. Es gab tausend Fragen, die ich nicht stellen durfte, ganz egal wie sehr sie mich bewegten. So wurde meine natürliche Spontaneität schon unterdrückt, ehe sie sich überhaupt entfalten konnte.

Später, in meiner Ehe und als Mutter von zwei Kindern, wurde es eher schlimmer. Es gab einfach Dinge, die wurden nicht erwähnt, die wurden verschwiegen, ganz egal, wie offensichtlich sie waren. Ich machte das, bis auf seltene Ausbrüche, etliche Jahre lang mit. Doch es bekam mir nicht. Viele Jahre litt ich unter all den Tabus, unter den Verboten und Geboten, unter den ungeschriebenen Gesetzen und Regeln, unter dem, was man so allgemeinhin 'Norm' nennt.

Es dauerte lange, bis ich schwer krank wurde, und es dauerte ebenfalls lange, bis ich meine schlimmen depressiven Zustände einigermaßen hinter mir lassen konnte. Inzwischen hatte ich all das Gelernte so verinnerlicht, dass mich Schuldgefühle an allen Stellen plagten, wo ich gegen gelernte Regeln verstieß. Trotzdem erkannte ich, dass ich es tun musste, falls ich überhaupt einigermaßen lebensfähig werden wollte. Und so mühte ich mich langsam vorwärts.

Lange Zeit habe ich durch mein positives Denken mein Leben positiv beeinflusst. Vieles habe ich damit erreicht, wesentlich habe ich mein Leben durch meine Gedankenkraft, durch neue Einsichten und durch vernünftigeres Handeln zum Besseren gewandt. Doch durch die Bücher von Alexander Lowen, dem Vater der Bioenergetik, eröffneten sich mir noch völlig neue Dimensionen.

Ich lernte, meinen Körper bewusst zu spüren, ihn wahrzunehmen und zu fühlen. Das war oft schmerzlich und anstrengend. Doch durch die bioenergetischen Übungen und die gleichzeitige Arbeit mit meiner Gedankenkraft machte ich Fortschritte. Ganz allmählich begannen meine Rückenmuskeln, weicher zu werden.

Auch meine Selbstwahrnehmung hat sich gebessert und ich spüre genauer als früher, ob ich traurig bin oder fröhlich, ob ich Wut habe oder Angst. Weil ich meine Gefühle spüre, kann ich angemessen auf sie reagieren.

Wenn ich traurig bin, gestatte ich es mir zu weinen. Das erleichtert mich und anschließend fühle ich mich wieder frei und unbeschwert. Ich weine oft alleine, brauche meistens niemanden, der mich tröstet. Bin froh, wenn ich mir das Weinen gestatten kann, weil es mir gut tut, Trauer und Schmerz einfach fließen zu lassen.

Wenn ich fröhlich bin, will ich meine Freude teilen. Ich telefoniere so lange herum, bis ich jemanden erreiche, der meine Freude mit mir teilt. Oder ich schreibe einen Brief oder wenigstens schreibe ich meine Freude in mein Tagebuch. Doch manchmal ist es auch wunderschön, ganz alleine für mich meine Freude zu empfinden und sie einfach nur zu genießen.

Wenn ich Wut habe, denke ich darüber nach, was ich tun kann, damit ich die Wut umsetze in positive Handlung. Ich erkenne, wo ich mich hilflos fühle, und denke mir aus, wie ich das ändern kann. Dadurch wird meine Wut überflüssig und verschwindet.

Meine Angst zeigt sich oft als Unsicherheit und ich muss aufpassen, dass ich sie nicht einfach übergehe. Obwohl Angst ein sehr unangenehmes Gefühl ist, habe ich doch erlebt, dass es leichter wird, wenn ich 'ja' zu ihr sage. Bei Angst werde ich ganz ruhig, nehme einfach nur wahr, was da in mir los ist, spüre mich und gehe vorsichtig und liebevoll mit mir um.

Durch die Übungen aus der Bioenergetik habe ich erfahren, dass Gefühle im Körper wurzeln. Ich habe auch erkannt, dass es mir schadet, wenn ich aufkommende Gefühle nicht wahrnehme und ihnen keinen Raum lasse, in dem sie sich entfalten können. Und so habe ich mich in den letzten Jahren noch viel mehr auf meine Selbstwahrnehmung konzentriert.

Wenn ich so zurückdenke, erkenne ich eine Tendenz. Früher habe ich oft reagiert, bevor ich überhaupt gespürt habe, was los war. Dadurch habe ich mir ungewollt geschadet. Anschließend brauchte ich dann viel Zeit, um zu analysieren, was denn da eigentlich in mir vorgegangen war. Es war mühsam und dauerte oft lange, bis ich mir auch nur in etwa über meine Gefühle und meine Beweggründe klar wurde. Außerdem musste ich ja auch noch die Dinge im Außen wieder in Ordnung bringen ... es war anstrengend und aufreibend.

Durch meine ausdauernde Arbeit an mir selbst habe ich erst einmal gelernt, langsamer zu reagieren. Ich erlebte weniger Enttäuschungen und musste weniger reparieren. Aber immer reagierte ich noch zeitversetzt und hatte dadurch Schwierigkeiten. Erst in den letzten Jahren bin ich allmählich da angekommen, dass ich alle meine Gefühle nicht nur deutlich, sondern auch umgehend wahrnehme. Nun bin ich besser als jemals zuvor in der Lage, mich selbst wahrzunehmen und spontan zu reagieren.

Für mich persönlich ist das ein Riesenfortschritt, doch jetzt fühlt sich mein Partner von meinen spontanen Reaktionen oft überfordert. Da ich je nach Situation auch gefasste Entscheidungen wieder umwerfe, fühlt er sich verunsichert. Er hat das Gefühl, dass ich nicht mehr zuverlässig bin.

Ich glaube, hier begegnet mir noch einmal das im Außen, was ich schon in meiner Kindheit gelernt habe: Pass dich an, sei nicht spontan, fall nicht auf! Nachdem ich meinen Kampf innerlich gewonnen habe, muss ich es jetzt noch einmal mit dem 'Gegner' im Außen aufnehmen. Die Normen der Kindheit erleben eine Wiedergeburt durch meinen Partner. Ich wende mich innerlich von ihm ab, denke: Er ist wie meine Mutter ..., bis ich allmählich begreife, dass es meine Brille ist, durch die ich alles betrachte. Inzwischen habe ich es begriffen und lasse mich von seinen Reaktionen auf mich immer seltener verunsichern.

Stattdessen fühle ich jetzt ganz neue Sachen in mir: Wie gerne ich (ihm) gefallen möchte. Wie schnell ich bereit bin, erwartete Leistung zu bringen, damit ich (hoffentlich) 'geliebt' werde. Wie wichtig es mir ist, dass er mich für zuverlässig hält. Wie schwer ich es ertragen kann, wenn er nicht einverstanden mit mir ist. Wie unsicher ich über unsere Beziehung werde, wenn er mit meiner Spontaneität nicht umgehen kann. Wie viel Angst ich habe vor dem Verlassenwerden. Wie traurig ich bin, weil ich nicht so geliebt werde, wie ich bin. Wie verletzlich ich bin, wie leicht ich mich abgelehnt fühle, wie weh es tut, Liebesentzug zu spüren.

Und ich fühle und ich leide und ich halte das alles durch und aus, weil ich weiß, dass dies der einzige Weg ist, um meine krankmachenden Verhaltensmuster möglichst bald hinter mir zu lassen.

Manchmal werde ich von meinen vielen Gefühlen gehetzt und bin außer Atem. Dann lasse ich mir wieder etwas Zeit, gönne mir eine Ruhepause, tue einfach nichts, sitze am Teich, betrachte den Springbrunnen, freue mich an den Rosen und am gefüllten Mohn, lasse einfach geschehen, was von selbst geschieht. Ich fühle, dass ich lebe, ich spüre mich. Ich nehme wahr, wie das Leben überall ist: in den Wolken, im Wind, im peitschenden Regen. Ich spüre das Leben, wenn der Vollmond glutrot über dem Dach aufsteigt und wenn meine Schultern schmerzen, weil ich nicht entspannt am Computer sitze ...

Um nichts in der Welt möchte ich auf all das Fühlen verzichten. Ich spüre all das Schmerzliche ebenso intensiv wie meine Freude. Meine Lust am Leben ist gewachsen. Meine Depressionen sind verschwunden. Mein Körper reagiert so deutlich, wenn ich schlecht mit ihm umgehe, dass ich mich sofort korrigieren kann. Ich bin oft krank, aber es sind Kleinigkeiten, die ich mit Ruhe und guter Pflege selbst heilen kann.

Ich bin froh und dankbar, dass mein Körper trotz jahrzehntelanger schlechter Behandlung noch so regenerationsfähig ist, dass er wieder so lebendig geworden ist und seine Signale so eindeutig setzt, dass ich sie nicht mehr 'überfühlen' kann! Angemessen zu reagieren ist trotzdem oft schwer.

Inzwischen habe ich mich freundschaftlich aus der anstrengenden Beziehung gelöst. Seitdem geht es uns beiden besser. Ich habe einen neuen Partner gefunden, bei dem es mir leicht fällt, mich zu leben. Ich habe das Gefühl, dass er mich so liebt, wie ich bin – ohne Vorbehalte. Jetzt kann ich wirklich spüren, was Leben ist! Große Liebe und Dankbarkeit sind in mir, die ich in meinem ganzen Körper fühlen kann.

Geschlossene Anstalt 1993

Voll banger Ahnungen begleitete ich meinen geliebten Mann ins Krankenhaus. Die dunklen, verkommenen Backsteingebäude lösten das erste Unwohlsein aus. Farbe blätterte von der Tür, die uns in die bedrückend großen Gänge führte. Ich fror, drückte mich fester an seine Seite, nahm schutzsuchend seine Hand. Eine übergroße, neblig graue Hand griff nach mir. Ein heftiges Kopfschütteln verscheuchte nur kurz mein Grauen.

Erinnerungen steigen auf. Zwanzig Jahre alte Bilder bedrängen mich. Ich schrecke aus dem Schlaf, spüre die neblig graue Hand. Entwische ihr für dieses Mal wieder, wohl wissend, dass ich ihr nicht entrinnen kann. Die neblig graue Hand umklammert mein Herz. Panische Enge. Schnappen nach Luft. Ein Schleier vor meinen Augen.

Dahinter, noch unklar und schemenhaft, Gestalten, Gebäude, Gelände. Dunkle, graurote Backsteingebäude in einem endlos scheinenden Park mit wuchtigen Bäumen. Welkende Blätter. Knirschender Kies unter bremsenden Reifen. Blitzendes Blaulicht erlischt. Endlich. Geschäftiges Getriebe. Eine Wolke aus Stimmen, Licht und Nebel. Mittendrin ich, geführt von grauen Sanitäter-Armen.

Eine große dunkelbraune Holztür wird von innen aufgeschlossen. Hinter uns wird wieder abgeschlossen. Eine weiße Gestalt schließt die nächste Tür von innen auf, lässt uns hinein, schließt geräuschvoll wieder ab. Hohe Gänge weiß und kahl, und dann noch eine Tür. Ein Saal, riesengroß, weiß, kahl. Betten, vielleicht zwanzig, darin Frauen. Teilnahmslos, ausgemergelt, schlafend oder unruhig, gehetzt um sich blickend, als ob sie flüchtend einen Ausweg suchen. Ich bin unendlich müde, bekomme eine Spritze, schlafe erschöpft ein.

Benommen blicke ich am anderen Morgen um mich, weiß nicht, wo ich bin. Sehe entsetzt in die fratzenhaften Gesichter. Neugierige Blicke taxieren mich. Gierige Blicke fressen mich auf. Raubvogelaugen beobachten mich. Leere, stierende Augen dringen ungestört durch mich hindurch, sehen mich nicht. Eine weiße Gestalt kümmert sich um mich. Ich will ins Bad, werde von ihr begleitet, sie lässt mich nicht aus den Augen. Mein Kulturbeutel erfährt eine gründliche Razzia. Pinzette, Spiegel, Nagellack, Feile, Kamm ... alles Scharfe, Spitze, Gefährliche wird konsequent entfernt. Auch aufs Klo gehe ich nur mit Begleitung.

Augen, überall verfolgen mich Augen, beobachten mich scharf, als ob sie auf etwas warteten. Aber auf was? Mein Kopf ist noch schwer und vernebelt. Die Spritze wirkt noch. Ich bin nur halbwach, kann über nichts nachdenken, lasse mich führen wie eine Marionette. Mir ist alles so schrecklich egal. Ich will schlafen, nur schlafen. Nicht denken, nicht reden, nichts. Frühstück? Keinen Appetit, ich zwinge mir etwas rein, widerwillig, weil ich muss. Dann versinke ich wieder in Schlaf.

Zum Mittagessen bin ich etwas wacher. Mir gegenüber ein ausgemergeltes Gesicht, herunterhängende Haut über den hervortretenden Wangenknochen, Augen voll wütender Abwehr. Sie wird gefüttert wie ein ungezogenes Kind, muss schlucken, würgt bei jedem Happen, kotzt neben das Bett. Doch es gibt kein Pardon, sie muss essen, strenge Worte schlagen auf sie ein. Entsetzen breitet sich aus. Ich würge es herunter.

Volle blonde Locken umrahmen ein zartes Gesicht. Feingliedrige Hände liegen ruhig auf der weißen Wäsche. Unruhig wandert der Blick durch die Lüfte. Streift ab und zu meine Richtung, ohne mich wahrzunehmen. Unerwartet werden die Augen lebendig, schenken mir ein kurzes, zärtliches Lächeln, um sogleich wieder in trostlose Ferne zu versinken. Ich möchte sie umarmen, sie trösten und streicheln. Doch ich kann sie nicht erreichen. Tränen rinnen über meine Wangen.

Mit weit aufgerissenen, angstvollen Augen kommt eine große Frau daher. Ihr ganzer Körper wehrt sich, biegt sich zurück, weigert sich weiterzugehen. Starke Arme greifen sie fest von rechts und links, drängen und schieben sie unausweichlich vorwärts. Hinter der großen Tür gehen ungehemmte gellende Schreie in leises Wimmern über, um bald ganz zu verstummen. Als die Frau wieder herauskommt, sind ihre Augen leer. Mein Magen ist ein einziges, verkrampftes Fragezeichen. Stummheit lähmt selbst meine Gedanken.

Am Tisch sitzend eine Gestalt, gesichtslos fast, versteckt hinter der Maske der weißen Uniform. Mit flinken Augen beobachtet sie alles. Notiert jede Bewegung und jedes Geräusch in ihrem großen Buch. Trauer steigt hoch, ballt sich zusammen zu einem schweren Klotz im Bauch. Blut rauscht, dröhnt in den Ohren. Kopfschmerzen rasen, Augen brennen trocken. Benommen von Valium verweigert sich jede Zelle meines müden Körper. Gefangen. Mit irrem Blick suche ich vergeblich einen Fluchtweg. Versinke in schwere Träume.

Eine Hand holt mich heraus, geleitet mich über den Flur hinter eine andere Tür. Benommen sinke ich in den weichen Sessel, ein Mantel von Hoffnungslosigkeit umschließt mich fest. Ein Mann in Weiß stellt Fragen. Meine Zunge ist schwer. Stockend und lallend purzeln Worte heraus, erzählen endlos die Geschichte meines Lebens.

Ich höre mir zu, habe mich versteckt in der Tiefe meines Bauches. Spüre nicht mein Entsetzen, meine Trauer, meine Angst, meine Verzweiflung. Spüre nicht meine Sehnsucht nach Liebe und Geborgenheit. Fühle nur Leere, bin ganz weit weg. Möchte mich auflösen, nicht mehr da sein. Niemandem mehr zur Last fallen, niemals enttäuscht werden ... sterben nicht, aber tot sein.

Plötzlich ein Bild. Meine fünfjährige Tochter. Traurige Augen. Fragender Blick. Händchen strecken sich mir bittend entgegen ... Sturzbäche von Tränen tun sich in mir auf. Doch ich halte mich zurück. Bin vernünftig. Hinterlasse einen guten Eindruck. Werde verlegt auf die "offene" Station ... damals war ich siebenundzwanzig ...

Gegenwart. Heute, achtundzwanzig Jahre später. Sprachloses Entsetzen breitet sich aus. Trauer, groß wie ein Ozean. Hilflose Panik greift nach mir. Unmenschliche Schreie schütteln meine Seele. Doch ich bin stumm und vernünftig. Immer noch.

Operationstermin 1993

Wir sitzen auf dem Gang, warten darauf, dass sein Bett frei wird. Eine Schwester kommt und nimmt ihm Blut ab fürs Labor. Ein Pfleger bringt Formulare, die wir ausfüllen. Dann sitzen wir abwartend da. Eine große, neblig graue Hand greift wieder einmal nach mir. Diesmal hat sie knallrote Fingernägel. Unerbittlich trifft sie mich ins Herz. Scharfer Schmerz breitet sich aus, atemberaubend ...

Ich schüttle abwehrend meinen Kopf, reiße mich zusammen, atme tief durch, verscheuche die Bilder, konzentriere mich auf die Umgebung. Weiße, kahle Wände, übergroße Türen. An jeder Tür ein Tannenzweig, auf den Tischen weihnachtliche Deckchen, Kiefernzweige, Glimmer. Graue Kunststofffliesen auf dem langen breiten Gang. Weiß uniformierte Gestalten, freundlich lächelnd in Kitteln oder Hosen.

In meinem Kopf wirken graue Schleier wie spanische Wände. Was verbirgt sich dahinter? Angst steigt erneut auf, droht, mich zu überfluten. Ich stehe auf, laufe den langen Gang entlang, setze mich wieder. Spreche mit ihm über belanglose Dinge. Noch habe ich die Kontrolle ... Doch die Schleier werden durchsichtiger. Dahinter Angst, unaussprechliche Angst.

Innerlich gehetzt flüchtend verlasse ich diesen Ort. Äußerlich bin ich ruhig und normal. Tränen der Hilflosigkeit steigen in mir auf. Was ist so Schreckliches hinter den Schleiern? Ich will es sehen, schaue trotzdem weg. Es hilft mir nicht. Der Schmerz in meiner Brust raubt mir die Kraft. Geschwächt gebe ich auf, kapituliere bedingungslos.

Ich ertrage die Angst, fühle mich schwach und hilflos. Schemenhaft zeigen sich Erinnerungsfetzen, Bruchstücke werden zu Bildern, lang verdrängte Gefühle von Schrecken, Angst und Trauer bahnen sich ihren Weg in einem endlos scheinenden Fluss von Tränen.

Rosenkrieg 1993

Gestern Abend sahen wir zu dritt ein Video: Rosenkrieg. Die beiden Freundinnen meinten, ich müsse ihn unbedingt anschauen. Doch ich fand ihn nicht annähernd so witzig, wie die beiden behauptet hatten. Ein geschiedenes Ehepaar führt einen hässlichen Krieg, voll Hass, Trotz und Rache. Nach Zweidrittel des Films ging ich ins Bett und las. Aber das Geschrei aus dem Film war so laut, dass ich mir Musik anmachte, um ihn nicht zu hören.

Ich bin viel zu einfühlsam, um solche Dinge unberührt anschauen zu können oder gar amüsiert zu sein. Ich fühle mich an so vielen Stellen an mich selbst erinnert, da kann ich nicht mehr lachen. Es gab eine Zeit, da habe ich auch Geschirr kaputt geschmissen, schreckliche Wutanfälle gehabt und sonst noch manches getan, was ich selbst schon damals schrecklich fand. Es war meine Verzweiflung und Ohnmacht, meine Abhängigkeit und Hilflosigkeit, die mich so reagieren ließ. Heute fühle ich – bei entsprechenden Filmszenen – die alten Gefühle wieder. Das ist anstrengend. Ich lehne die Frau, die ich damals war, inzwischen nicht mehr ab, sondern bin berührt, weil ich Verständnis für sie habe.

Ich spüre das Leid, das zu solchen Reaktionen führt, frage mich, ob die Filmemacher das auch spüren, bin betroffen von all den Menschen, die sich selbst so wenig fühlen, wie ich mich damals gefühlt habe. Ich ziehe mich zurück, gebe meinen Gefühlen Raum und lasse mir Zeit, um sie zu bewältigen.

Innere Zwänge 1993

Heute Morgen am Frühstückstisch. Ich greife wahllos nach einem Teil der Zeitung, den er gerade nicht liest. Beilage, Reklame und viel über Bücher. Die vier Bücher des Jahres wurden gewählt. Seitenweise Buchbesprechungen. Unruhe packt mich. Ich will mich informieren, muss doch mitreden können, sollte das alles lesen, damit ich auf dem Laufenden bleibe ... und ich spüre gleichzeitig, dass ich mich nicht wohlfühle, wenn ich unter so starken inneren Zwängen etwas tue. Ich lege die Zeitung weg. Vielleicht später, vielleicht auch nicht. Ich trinke bedächtig von meinem Tee, empfinde den etwas herben Geschmack, finde wieder zu mir. Gelassen nehme ich mein Buch zur Hand und lese dort weiter, wo ich gestern aufgehört habe.

Unsicheres Leben 1994

Ich spüre eine hilflose Angst, weil niemand bestimmt, wann er sterben wird oder wie lange er leben wird. Alles, was ich unternehme, im Bewusstsein des Todes zu tun, hat eine völlig andere Qualität, als es einfach unwissend oder unbewusst zu tun. Ich glaube nicht mehr an einen persönlichen Gott. Es gibt ihn einfach nicht. Er ist eine Erfindung der Menschen, die dem Übermächtigen in ihrem Leben einen Namen geben müssen.

Die Natur war immer stärker als die Menschen. Erdbeben und Naturgewalten haben Menschenschicksale beeinflusst seit Anbeginn der Zeit. Wetter, Pflanzen und Tiere erleichterten oder erschwerten die Lebensbedingungen der Menschen. All diese Kräfte, die man weder beeinflussen kann noch so richtig zu packen bekommt, haben Menschen aller Kulturen in dem Begriff Gott, Allah oder einem ähnlichen Namen zusammengefasst.

Und jetzt ist es plötzlich eine Person, mit der man sprechen kann, die menschliche Qualitäten hat – auch da, wo man sie nicht versteht. Gott ist fassbar geworden. Man kann ihm danken und ihn bitten – und erhält als Gegenwert das Gefühl von Geborgenheit. Dass die meisten Bitten nicht erhört werden – sonst wäre längst Frieden, Gesundheit und Glück auf dieser Erde – scheint die Menschen nicht sonderlich zu beeindrucken. Sie machen sich vor, dass Gott viel größer ist als sie, dass er besser weiß, wie es gut für die Menschen ist. Sie suchen Erklärungen, um Gott zu verstehen – anstatt jemanden zu haben, der ihnen Verständnis schenkt. Dieser Gott ist für mich schon lange gestorben. Und obwohl er manchmal in mir wieder auferstehen will, weiß ich doch, dass er einfach nicht existiert. Da ist niemand, der an meinem Schicksal interessiert wäre, niemand außer den Menschen um mich herum. Da ist auch niemand, der mich bestimmt oder der Macht über mich hat – niemand, außer die Menschen, denen ich Macht über mich gestatte. Gibt es etwas,

was ich glaube? Oh ja. Ich glaube an das Leben, an die Natur und an die ständige Entwicklung des gesamten Universums. Lebendige Kraft ist überall, sie fließt auch durch mich. Und diese Kraft kann ich einsetzen – nach meiner Entscheidung. Ich glaube nicht daran, dass ein Planet, ein Tier oder eine Pflanze mehr oder weniger wert ist als ein Mensch. Alles, was lebendig ist, ist wertvoll – und im weitesten Sinne ist alles lebendig. Ich habe Achtung vor allem, was lebt, aber niemand ist da, der mich bestraft, wenn ich diese Achtung nicht habe. Nur ich selbst leide, wenn ich mich kleiner oder größer fühle als andere Lebewesen. Glaube ich an Wiedergeburt? Ich glaube daran, dass sie möglich ist. Ich glaube nicht daran, dass sie zwingend jedem geschieht. Warum sollte sie auch? Es gibt so viele Menschen, die geboren werden und bald sterben – also keine Zukunft haben. Warum sollte es nicht ebenso Menschen geben, die keine Vergangenheit haben?

Ich glaube nicht daran, dass Leben sich in Regeln und Normen einfangen lässt. Wir werden immer nur stückweise etwas erkennen können. Leben ist so vielgestaltig und vielseitig und Menschen sind so eingeschränkt in ihrer Wahrnehmung ... sie können kaum das Gesamte erfassen. Und wozu wäre das auch gut? Menschen können immer nur ein kurzes Stück ihres Weges überblicken und es reicht völlig, wenn sie da ihre Entscheidungen treffen. Alles Vorplanen ist unsinnig, denn es ist doch so ungewiss, ob man das Geplante jemals erreichen wird ... oder ob man nicht längst gestorben ist ...

Leben ist ständiges Risiko und das löst Angst aus. Es ist immer auch ein Stück ‚sich ausgeliefert fühlen' dabei. Vielleicht neigen wir Menschen deswegen dazu, uns anderen Menschen auszuliefern, ihnen Macht über uns zu geben, weil wir dadurch die übergroße Angst vor dem Risiko des Lebens verdrängen können?

Ja, ich spüre meine Angst, aber sie packt mich nicht mehr wie früher mit eisernen Klauen. Sie hält mich nicht mehr in ihrem Bann. Ich spüre sie, ich erkenne sie – aber sie hat keine Macht mehr über mich. Und so plane ich meine Zukunft in dem Wissen, dass alles Planen sinnlos ist, dass es ganz anders kommen kann – und das kann besser oder schlechter als geplant sein – und dass ich trotz aller Planung immer wieder neu entscheiden muss. Nichts muss so bleiben, wie es jetzt gerade ist. Alles kann sich ständig ändern: Die Umgebung kann sich verändern, andere Menschen können sich verändern, ich kann mich verändern: Meine Gefühle können schwächer oder stärker werden oder ganz anders ... wer weiß das schon? Ich jedenfalls nicht. Ich weiß nur, dass ich mit dieser selbstverständlichen Unsicherheit des Lebens leben gelernt habe, dass ich es kann, dass ich trotz aller Angst immer wieder mutig Entscheidungen treffe ...

So blicke ich zuversichtlich und voller Hoffnungen aber auch unsicher und neugierig in die Zukunft, die mir meine dritte Ehe bescheren wird!

Entweder – oder

Ich will nicht mehr:
Denken *oder* Fühlen,
Kopf *oder* Bauch,
Arbeit *oder* spielen,
Feuer *oder* Rauch.
    Ich will nicht mehr:
    Wollen *oder* wagen,
    Kopf *oder* Herz,
    hoffen *oder* zagen,
    Freude *oder* Schmerz.
        Ich will nicht mehr:
        sinken *oder* schweben,
        ruhen *oder* eilen,
        sterben *oder* leben,
        trennen *oder* teilen.
            Ich will verbinden
            oben und unten,
            vorne und hinten,
            Jahre und Stunden!
            Himmel und Hölle,
            Göttin und Tier,
            Felsen und Welle:
            Alles in mir!

Standpunkte 1995

Ich hatte zwei traurige Geschichten geschrieben, deren Ereignisse schon viele Jahre zurücklagen. Das Schreiben hatte mich angestrengt. Die lange verdrängten Gefühle bahnten sich endlich eine Bahn. Ich war froh, endlich Zugang zu finden zu diesen unbewussten Gefühlen. Ich fühlte mich erleichtert, auch wenn es im Moment belastend wirkte ...

Ihn wollte ich teilhaben lassen an dem, was in mir vorging. Deswegen gab ich ihm die Geschichten zu lesen. Er sagte: „Ich warte darauf, wann Du Deine erste lustige Geschichte schreibst." Darauf ich: „Das verstehe ich." Aber verstand ich wirklich?

Ich weiß nicht, ob ich jemals lustige Geschichten schreiben werde, kann sein, kann nicht sein. Jetzt schreibe ich eben traurige Geschichten. Fragend sah er mich an: „Hilft Dir das?" „Ja, mir hilft das." Danach gerieten wir fast in Streit darüber, dass er sich nicht mit seiner Vergangenheit beschäftigen will. Er weiß nichts von Belastungen. Dann trägt er sie eben unbewusst mit, auch das kostet Kraft. Sein zu hoher Blutdruck ist für mich ein Beispiel für solche unbewussten Belastungen. Da regte er sich auf. Wollte, dass ihm jemand sagt, was er tun muss, um das zu ändern. Ich passte gut auf mich auf, sagte ihm nicht, was er tun muss, sondern nur, dass er sich seinen Weg selbst suchen müsste. Den kann ihm keiner fertig vorlegen. Das machte ihn noch aufgeregter.

Ich lasse mich von Reden nicht mehr täuschen: Ich sehe, dass er auch – wie die meisten Menschen heutzutage – unter unbewussten seelischen Belastungen leidet. Und dass er – auch wie die meisten – Angst hat, die Ursachen zu ergründen. Ich werde mich nicht einmischen in seine Art, mit sich umzugehen. Doch ich werde meine Erkenntnisse und meinen Standpunkt nicht verleugnen, sondern klar vertreten. Ich bin nicht für ihn verantwortlich, aber dafür, dass ich mir selbst treu bin.

Berührung I 1995

Acht Uhr abends. Er sitzt vor dem Fernseher und sieht sich die Nachrichten an.

... es war ein ganz normaler Tag: Der amerikanische Staatspräsident befand sich – diplomatisch lächelnd – auf einer Europareise. In Deutschland lieferten sich Parteien erste Schlagabtausche im Jahr der 19 Wahlen. Zwei verfeindete Staatspräsidenten aus dem Nahen Osten trafen sich in der Schweiz zu Verhandlungen. Ein tyrannischer Staatspräsident verkündete, dass er den Kampf nicht aufgeben wolle. Täglich starben in Sarajevo Menschen durch den Krieg. In mehreren vollbesetzten Bussen waren gleichzeitig Bomben explodiert, es gab Tote und Verletzte. Eine Fähre war gesunken, man rechnete mit etwa 120 Opfern ...

Er schaltet den Fernseher ab, blickt mich entsetzt an, kann nicht unbeteiligt zusehen. Ungeweinte Tränen stehen in seinen Augen, Verzweiflung springt aus seinem Blick und eine tiefe Sprachlosigkeit, die wir miteinander teilen.

Berührung II 1995

Sie hatte einen Film gesehen ...

Eine junge Frau war ins Rotlichtmilieu geraten. Als sie sich in einen Mann verliebte, nahm sie seine finanziellen Angebote nicht mehr an. Sie gab den Traum ihrer Kindheit nicht auf. Trotz ihrer belasteten Vergangenheit glaubte sie an sich.

... die Tränen laufen mir übers Gesicht, obwohl es im Film ein Happyend gegeben hat. Ich spüre, wie wichtig es ist, dass auch ich meine Träume nicht aufgebe, dass ich mich von Misserfolgen nicht unterkriegen lasse, dass ich endlich unerschütterlich an mich und meinen Weg glaube. Ich weine, weil ich schon so oft nahe daran gewesen bin, alle Träume zu begraben und dabei meine Seele zu verlieren.

Ich weine auch vor Glück darüber, dass ich es nicht getan habe, dass ich aus allen Sackgassen zurückgefunden habe, dass meine Träume lebendiger sind als die belastende Vergangenheit, dass mein Mut stärker ist als meine Angst ...

Frau

Ich bin eine Frau, aber ich weiß nicht genau, was das heißt.
Zu schnell wechselt in mir dunkel und hell.
Zu oft reagiere ich unverhofft.
Es überrascht mich selber, was alles in mir ist.
Nicht alles ist für mich angenehm und leicht.
Trotzdem bin ich gerne: eine Frau.

Diskriminierende Werbung 1995

Vor einigen Tagen sah ich im Vorbeifahren ein neues Plakat, konnte aber nur den Anfang lesen: „Rauchen sie nicht, was ihr Chef raucht, sie schlafen ..." Ich führte den Satz innerlich folgerichtig weiter: „... ja auch nicht mit seiner Frau." Ich war empört, aber noch unsicher, ob meine Schlussfolgerung denn wohl richtig war. Gestern sah ich wieder dieses neue Plakat. Und da stand es wirklich: „Rauchen sie nicht, was ihr Chef raucht, sie schlafen ja auch nicht mit seiner Frau." Eine mir bisher unbekannte Zigarettenmarke wurde dort angepriesen ... ich war empört. Zugegeben, diese Werbung ist wirklich einprägsam, aber mir bleibt die Luft weg, wenn ich das auf mich wirken lasse. Ich finde es geschmacklos und diskriminierend. Sind Frauen immer noch Dinge, die man einfach benutzt? Ist es nicht unverschämt, eine Frau mit einer Zigarette zu vergleichen? Ist die Frau einfach ein Genuss, den sich der Mann leisten kann, so wie eine Zigarette?
Und wie heißt dann das Kleingedruckte?
‚Frauen schaden Ihrer Gesundheit, sie enthalten 0,X mg gesundheitsgefährdende Stoffe. Das Gesundheitsministerium.'

Computer und Leben 1996

Das ist eine meiner schwachen Stellen: Ich will verstehen, was geschieht und warum es geschieht und was ich ändern kann, wenn etwas geschehen ist, was nicht noch einmal passieren soll. Wenn ich dann dahinterkomme, dass ich nichts ändern kann, weil das Programm eine Macke hat, werde ich wütend. Durch aktives Tun nichts ändern zu können ist das Schlimmste, was mir passieren kann. Das gilt nicht nur beim Computer, das zieht sich wie ein roter Faden durch mein ganzes Leben.

Das ist auch der Grund, warum ich gerade jetzt, nach monatelanger Abstinenz, wieder schreiben muss. Es ist genau zwei Monate her, Samstagnachmittag, kurz nach fünf. Ich hatte meinen rechten Fuß auf die Leiter gestellt und hob den linken in die Lüfte, da kippte die Leiter um. Ehe ich etwas denken konnte, saß ich mit einem gebrochenen Arm auf dem Boden und wusste nicht, wie ich den Schmerz aushalten sollte. Trotzdem war ich nicht erstaunt, denn ich hatte seit Tagen gespürt, dass mir Gefahr drohte. Bewusst versuchte ich mich zu schützen, war besonders vorsichtig bei allem, was ich an scheinbar gefährlichen Dingen in Haus und Garten tat. Ich arbeitete langsam und bedächtig und passte gut auf mich auf – eben bis zu jenem Bruchteil von einer Sekunde, die mich von der Leiter warf. Nach ein paar Stunden lag ich mit einem großen schweren Gips am rechten Arm im weißen Krankenbett. Voll anerkennender Ironie erfuhr ich in den nächsten Wochen von verschiedensten Ärzten, dass ich es wirklich gründlich gemacht hatte. Verrenkt und zertrümmert würde es Monate dauern, bis ich meinen rechten Arm wieder normal bewegen könnte. Und so hatte ich genau den Zustand erreicht, den ich auf den Tod nicht leiden kann: Hilflos, von anderen abhängig, Ärzten und Pflegepersonal ausgeliefert, schmerzvoll eingesperrt zwischen weiße Laken und weiße Wände, zur Untätigkeit verdammt.

In den ersten Tagen wirkte der Schock so nachhaltig, dass kein klarer Gedanke mich erreichte. Vorübergehend betäubte ich mich mit Lesen. Nach einiger Zeit gelang es mir mithilfe eines Hexenmeisters, den Schreck hinauszujagen, wieder Platz zu schaffen für Träumereien und Erinnerungen. Allmählich funktionierte wenigstens mein Gehirn wieder normal und meine üblichen Gedankenfluten fanden den Weg in mein Bewusstsein. Da ich zwischen Waschen, Essen, Bettenmachen, Gymnastik und Röntgen viel Zeit hatte, ließ ich sie ungehindert durch meine kleinen grauen Zellen ziehen. Doch jetzt ist der Kopf randvoll. Ich muss schreiben, damit er nicht platzt und die verrücktesten Gedanken sich zur Unzeit wild und ungestüm Bahn brechen.

Schließlich wäre es völlig unpassend, wenn ich meiner konservativen Nachbarin plötzlich meine erotischen Phantasien mitteilte. Oder wenn ich vom Briefträger einen Rat wegen meiner Küchenuhr wollte. Auch nutzt es kaum etwas, wenn ich meinen Mann frage, wie ich ein neues Buch beginnen soll. Er hat vom Bücherschreiben so wenig Ahnung wie ich von Steuererklärungen. Und obwohl er ebenfalls am Computer arbeitet, kennt er mein Programm nicht und kann mir nicht den geringsten Tipp geben, wenn ich nicht die richtigen Tasten finde.

Und so bin ich wieder einmal ganz auf mich selbst angewiesen und muss zusehen, wie ich das Chaos in meinem Kopf langsam und gezielt entwirre. Mir scheint, meine Gedanken sind ebenso miteinander verknotet und verwickelt wie Wollknäuel, wenn Katzen mit ihnen gespielt haben. Zum Glück liebe ich Geduldsspiele: Ich entwickle einen ungeheuren Ehrgeiz, wenn es darum geht, Ordnung zu schaffen, sei es nun in Wollknäueln oder in meinen Gedanken.

Nach der aufgezwungenen Ruhe der letzten Wochen reizt es mich enorm, meine turbulente Vergangenheit so zu ordnen, dass sie fein säuberlich und übersichtlich vor mir liegt. Vielleicht ist es ein sehr zweifelhaftes Unterfangen. Schließlich kann ich ja nichts mehr ändern. Trotzdem werde ich nicht eher Ruhe geben, bis ich alles so sortiert habe, sodass wenigstens ich einige Antworten finde. Anschließend werde ich alle Fotos, Erinnerungen, Gedanken und Schmerzen der Vergangenheit gut in einer großen Truhe verpacken und sie fest verschließen, damit sie mich nie wieder tückisch heimsuchen können.

Manchmal

Manchmal dauert es lange, bis ich weiß, was ich will.
Aber was sind schon Jahre.
Wie mit Blindheit geschlagen tapp ich hindurch.
Ziellos – Einsam – Verzweifelt.
Irgendwann lichtet sich der Nebel.
Erstaunt steh' ich da und sehe.
Wünsche. Hoffnungen. Ängste. Träume.
Plötzlich gibt alles zusammen ein sinnvolles Bild.
Blendende Klarheit und taumelndes Glück
reißen mich in ihren Strudel.
Selbstvergessen folge ich meiner Berufung.

Religion

Suche

Bin ich auf dem richtigen Weg? Oder ist das, was dieser oder jener sagt besser? Ist mein Weltbild wenn auch nicht vollkommen so doch wenigstens in den Ansätzen richtig? Muss ich ängstlich und unruhig suchen oder darf ich mit Bewusstheit mehr Wissen erforschen?

Liebe zur Wahrheit

Viele Menschen werden in ein festgefügtes Weltbild hineingeboren. Es ist unwesentlich, ob dieses Bild christlich oder buddhistisch, hinduistisch oder kommunistisch geprägt ist: Der Mensch wird hineingeboren und verinnerlicht die Botschaften dieses Weltbildes. Er versucht, sich in diesem Weltbild seiner Geburtsfamilie zurechtzufinden, passt sich an, fügt sich ein.

Wenn der Mensch erwachsen wird, beginnt er, sich kritisch mit dem Gelernten auseinandersetzen. Er will eigene Erkenntnisse gewinnen, die den gelernten gleichen oder ihnen entgegengesetzt sein können. Neue Erfahrungen sind notwendig, um aus einem erlernten Weltbild ein eigenes, persönliches Weltbild wachsen zu lassen. Eigene Gewohnheiten müssen in Frage gestellt werden. Moral und Norm müssen angezweifelt und auf ihren Sinngehalt hin geprüft werden.

Auf diese Art und Weise erweitert sich das Bewusstsein. Das bleibt nicht ohne Wirkung auf konkrete Bereiche des persönlichen Lebens. Eine Erkenntnis, die nicht zu entsprechendem Handeln führt, bleibt theoretisch und ist von daher wenig sinnvoll.

Der gesunde Zweifel hat nichts mit dem gemeinsam, was wir als menschliche Verzweiflung kennen und bezeichnen. Verzweiflung geht einher mit dem Gefühl der Ausweglosigkeit. Bei Zweifel geht es darum, dass man sagen kann: ... Es könnte so sein, oder so, oder noch ganz anders ... – Man entdeckt also Möglichkeiten, eine gleiche Situation oder einen gleichen Gedanken in verschiedene Richtungen weiterzudenken. Daraus ergibt sich nicht die verschlossene Tür der

Verzweiflung, sondern es öffnen sich viele Türen und Fenster. Es ergeben sich viele, oft ungeahnte, Möglichkeiten.

Auch sich selbst, seine Gedanken, seine Überzeugungen, sein Sosein, seine Kenntnis von sich und der Welt stellt der Wahrheitsliebende immer wieder in Frage. Nicht, um sich nicht festzulegen, nicht, um keine Konsequenzen zu tragen, sondern einfach aus der Liebe zur Wahrheit. Aus dem tiefen Bedürfnis, noch ein Stück mehr von der Wahrheit zu erhaschen.

Er weiß darum, dass er immer nur einen Ausschnitt, einen Teilbereich der Wahrheit wahrnehmen kann. Ein anderer Teil bleibt ihm verborgen. Aus diesem Wissen heraus lässt er andere Meinungen und Überzeugungen bestehen, ohne in Streit zu geraten. Er ist interessiert an anderen Sichtweisen, nimmt neue Gedanken bereitwillig auf und schaut, ob sie sich in sein bisheriges Weltbild hineinfügen oder ob sie alles auf den Kopf stellen. Vielleicht führen sie zu völlig neuen Erkenntnissen und bringen ihn so der Wahrheit wieder einen Schritt näher ... Entdeckt er aber bei Anderen etwas, was nach seinem Wissensstand in eine Sackgasse führt, so sagt er mutig seine Meinung, ohne den anderen abzuwerten oder zu verletzen.

Mit scharfem Verstand erkennt der Wahrheitsliebende die Logik einer Gedankenkette. Er kann den Gedanken folgen, ihre Vor- und Nachteile erfassen und benennen. Klar und einfach kann er logische Zusammenhänge ebenso erkennen wie Schwachstellen im Gedankengebäude.

Mit Respekt vor den Gedanken eines anderen Menschen wird positive und negative Kritik geübt. Ebenso wird mit der selbst erhaltenen Kritik von anderen sachlich und vernünftig umgegangen.

Der bewusste Mensch ist selbstverständlich fähig, selbstkritisch zu sein: Er kann auch seine eigenen Gedanken kritisch betrachten, seine Aussagen relativieren und sich und seine Meinung aus seiner persönlichen Situation heraus verstehen.

Das In-Frage-stellen von bisher Geglaubtem ist für den Wahrheitsliebenden (Philosophen) eine Selbstverständlichkeit. So setzt er sich als Erstes mit seinem erlernten und verinnerlichten Weltbild kritisch auseinander. Er will verlernen, einfach an etwas Überliefertes zu glauben. Er beschäftigt sich mit anderen Weltbildern, um sein Gesichtsfeld zu erweitern. Er ist interessiert an anderen Religionen, an fremden Kulturen und deren Überzeugungen. Und immer wieder ist er offen für Menschen, die in anderen Kulturkreisen oder Weltbildern geboren wurden.

Obwohl er eine persönliche Überzeugung hat und nach dieser handelt, weiß er doch, dass durch neue Erkenntnisse diese Überzeugung zerbrechen oder wachsen kann. In jedem Fall ist jede Erkenntnis endlich und begrenzt. Auch hier gilt das Wort von der Sicherheit, die in der ständigen Verwandlung und Veränderung liegt.

Während der Philosoph nach seiner persönlichen Wahrheit sucht, ist er sich bewusst, dass diese nur für ihn gilt und von daher relativ ist. Und auch seine Wahrheit ändert sich mit seiner Veränderung. Zu anderen Zeitpunkten wird er seine Wahrheit anders formulieren als heute.

Doch gleichzeitig sucht er nach einer Wahrheit, die weit über ihn hinausgeht. Dabei ist er nicht bereit, einfach nur zu glauben, was andere vor ihm geglaubt oder erdacht haben. Vielmehr ist er erfasst von einer tiefen Sehnsucht, so viel als möglich mit seiner menschlichen Vernunft zu verstehen.

Wahrheit muss den Gesetzen der Logik folgen, wenn sie Objektivität gewinnen will. Euphorische Erlebnisse werden durch sachliche Vernunft und logisches Denken ersetzt.

Im regen Austausch mit anderen Menschen entdeckt der Philosoph seine Begrenzungen oder neue Räume erschließen sich ihm. Er lässt sich nicht innerlich fesseln von Lehren und Theorien, die kindliche Träume zu erfüllen scheinen. Er durchschreitet mutig die verlockenden Orte, wo ihm Sicherheit und Geborgenheit angeboten werden, sofern er sich einer bestimmten Richtung anschließt. Er lässt sich nicht aufhalten von Idolen, die scheinbar Großes vollbringen. Allerhöchstens strebt er ihnen nach, doch auch das nur, so weit es seinem ureigenen Wesen entspricht.

In aller Bescheidenheit geht er seinen Weg und sucht nach der Wahrheit seines Herzens. Er hört auf, anderen mehr zu glauben als sich selbst. Er beginnt den Weg in die innere Freiheit, indem er sich als einzig maßgebliche Autorität für sich selbst anerkennt. Da das Suchen nach der Wahrheit niemals endet, ist und bleibt der Philosoph neugierig auf das Leben in seinen vielfältigen Erscheinungsformen. Deswegen zieht er sich nicht in seine Bücherstube zurück, sondern nimmt aktiv am Leben teil. Er steht mittendrin und ist er selbst, so gut er gerade kann.

Die innere Stimme

Intuition – die innere Stimme hören und danach handeln. Intuition ist bei den meisten von uns durch Erziehung und Gewohnheit unterdrückt worden. Ohne uns dessen bewusst zu sein, tun wir es weiter so, wie wir es gelernt haben: Damit stehen wir uns selbst im Wege und beschneiden uns unserer wesentlichsten Fähigkeiten der Wahrnehmung. Intuition ist unsere Fähigkeit, ganzheitlich und schnell zu erfassen. Wir können es wieder lernen, wenn wir den Wert und die Ursprünglichkeit der Intuition erkennen .., denn wenn etwas positiv bewertet und entsprechend gefördert wird, entwickelt es sich natürlich auch stärker.

Wer intuitiv arbeitet, wird dabei von einem Glücksgefühl beherrscht. Ein wichtiger Hinweis auf die Qualität der Intuition ist das ästhetische Vergnügen. Außergewöhnliche Intuition zeichnet sich durch ihre Schönheit aus. Wer mit Intuition begabt ist, besitzt eine starke Einbildungskraft, hat ständig neue Ideen, fühlt sich von diesem oder jenem inspiriert und genießt es, ungewohnte Probleme und bisher ungelöste Fragen anzupacken.

Leider haben wir das Gegenteil gelernt: Wir machen uns klein und unsichtbar, um nicht aufzufallen. Wir bekommen Angst vor allen Veränderungen und werden immer weniger lebendig. Dadurch fühlen wir uns ausgelaugt und leer.

Das alles entspricht nicht unserem transzendenten inneren Wesen. Will man seine Intuition aus der Unterdrückung befreien, so muss man sie gezielt fördern. Das Interesse am Leben, an den einfachen und schönen Dingen der Natur muss in allen Alltäglichkeiten zu spüren sein. Desinteresse und Resignation lassen alle Intuition verkümmern. Wer für Selbständigkeit und Selbstvertrauen sorgt, zuversichtlich und flexibel ist, vergrößert seine Chancen, klare Intuition zu bekommen. Mut und die Bereitschaft zum Risiko werden belohnt.

Intuition ist ein optimales Zusammenwirken der beiden Gehirnhälften. Es geht nicht um das Überwinden von logischem Denken, sondern um das Zusammenspiel von Vernunft und unbewusster Wahrnehmung. Unsere Wahrnehmung geschieht zu 90 % unbewusst, so bleibt dieser Teil (fast) völlig unberücksichtigt, wenn wir nur nach logischem Denken entscheiden. Wenn wir Raum schaffen für unsere Intuition, ist es so, als ob wir die Tür zu diesen 90 % öffnen. Erst dann können sich ganzheitliche Bilder ergeben, die richtiger und wahrer sind.

Es empfiehlt sich, ständig die Bandbreite unserer Erfahrung zu vergrößern. Dadurch liefern wir unserem intuitiven Geist Material, das er an ganz anderen Stellen mit berücksichtigen kann: So wird unsere Intuition ständig wachsen. Spazierengehen, Reisen, neue Eindrücke, neue Menschen, neue Wissensgebiete und 'Abenteuer' sind keine Zeitverschwendung, sondern wichtige Voraussetzung für schöpferisches Denken und Intuition.

Je mehr man seinen Impulsen folgt und für Ungewöhnliches offenbleibt, desto mehr Gelegenheit enthält die Intuition, die Führung zu übernehmen: Es ist dann, als ob in uns in blitzschneller Zeit aus vielen einzelnen Puzzleteilchen ein völlig neues und überraschendes Bild entsteht. Dies wäre mit logischem Denken nur in langer mühevoller Arbeit zu erreichen. Doch Intuition verschafft uns mühelos Zutritt zu ganzheitlicher Wahrnehmung.

Jeder Mensch hat Intuition und kann sie unmittelbar schulen. Wir können lernen, vieles dafür zu tun, um klare Intuitionen zu bekommen. Es ist erforderlich, die eigenen Eingebungen mit seinem logischen Verstand zu prüfen und zu hinterfragen, damit sich nicht Ängste oder Wünsche als scheinbare Intuition einschleichen.

Praktische Meditation

Unser Geist ist von unruhiger Wesensart. Er ist ständig beschäftigt. Er macht sich Gedanken über wichtige und unwichtige, über nahe und ferne, über vergangene und zukünftige Ereignisse. Durch seine Beweglichkeit und seine Vielseitigkeit führt er oft dazu, dass wir nicht zur Ruhe kommen. Dann zehren sich unsere Energien auf und wir fühlen uns kraftlos und leer.

Wer zur inneren Ruhe kommen will, kann lernen, seinen Geist zu beobachten, um ihn dann wie ein Kind oder ein junges Haustier konsequent und liebevoll zu erziehen. Es geht darum, Achtsamkeit zu üben. Ein Teil unserer Aufmerksamkeit sollte dazu erzogen werden, uns selbst ständig interessiert zu beobachten. So werden wir uns über unsere Gedanken und Gefühle, über unsere Wünsche und Vorstellungen immer besser bewusst. Das führt dazu, dass wir fester mit unserem Herzen – als Wohnort unseres Selbst – verbunden werden. Je häufiger wir üben, desto besser sind die Erfolge und desto selbstverständlicher wird uns diese innere Haltung.

Wenn wir unsere Achtsamkeit schulen, bekommen wir mit der Zeit ein gutes Körperbewusstsein. Wir erspüren unsere Bewegungen und Verspannungen, können innere und äußere Haltungen verändern und spüren umgehend, ob diese Veränderung gut für uns ist. Ebenso geht es uns mit anderen Menschen: Je besser wir mit unserem Herzen verbunden sind, desto leichter fällt es uns, anderen Menschen in einer Art zu begegnen, die für uns und für sie entweder nicht schädlich oder sogar eine Bereicherung ist. Auch kann uns niemand mit negativen Gedanken oder Energien schaden, wenn wir fest mit unserem Herzen verbunden sind.

Ist unser Geist durch achtsame Konzentration auf die Gegenwart beruhigt, so werden wir eine innere Freude erleben. Sorgenvolle Gedanken werden uns fremd und wir fühlen uns leicht und frei. Manche Menschen erreichen durch Achtsamkeit die tieferen Ebenen ihres Bewusstseins und finden Zugang zu Hellsehen, Hellhören oder ähnlichen – scheinbar übersinnlichen – Fähigkeiten. Ein beruhigter Geist versetzt uns in den Zustand des Schwebens, deswegen können sich jetzt auch „außerkörperliche" Erfahrungen einstellen. Wenn wir all diese Erfahrungen als Durchgangsstadium betrachten und ihnen keine übertriebene

Aufmerksamkeit schenken, wird unser Geist noch aufmerksamer und konzentrierter werden.

Es schadet unserer Meditation, wenn wir anderen unsere Erfahrungen mitteilen. Noch schädlicher ist es für unsere Entwicklung zu missionieren! Wir schaden damit auch dem Anderen, denn er hat seinen eigenen Weg. Meditation ist ein fortwährender Prozess. Wenn wir uns auf dem Erreichten ausruhen, verlieren wir es wieder. Wichtiger ist es, konzentriert weiter zu üben. Mit der Zeit hören auch beunruhigende Träume auf. Die Vergangenheit verliert ihre Schrecken ebenso wie die Zukunft: Wir erreichen Gelassenheit und sind geistig und körperlich gelöst.

Gute und heilsame Gedanken fördern unsere Heilung. Sie machen unseren Geist leicht und glücklich und unseren Körper gesund. Sie schenken uns notwendige Erkenntnisse und motivieren uns zu den entsprechenden Handlungen. Wenn wir unseren Geist ständig beobachten und liebevoll in die richtige Richtung steuern, befinden wir uns ständig in einem meditativen Zustand: Wir meditieren immer. So wachsen in uns nicht nur Achtsamkeit, sondern ebenso Willenskraft und Weisheit. Unsere Klarheit entwickelt Liebe und Toleranz zu allen Wesen. Dies ist das wahre Wunder der Meditation!

Gebet am Morgen

Hab Dank, Unendlicher, für diesen Tag. Hab Dank für Lust und Freude, Müh` und Plag. Hab Dank! Du gibst mir die Kraft zum Leben. Hab Dank! Ich will nach Gutem Streben.

Heilende Selbstliebe

Liebe ist die Fähigkeit des Menschen, körperlich, seelisch und geistig zu wachsen.[1]

Jedes Neugeborene trägt diese Fähigkeit zum Wachsen in sich. So ist es selbstverständlich, dass ein Kind seine Mutter und seinen Vater liebt. Es kann von Natur aus gar nicht anders. Die Liebe zur Mutter beinhaltet eine Beziehung mit einer starken Bindung.

Wer zu wenig (wieder) geliebt wurde, versteckt seine Liebesfähigkeit. Wohlgemerkt: Er versteckt sie – er verliert sie nicht. Wenn das Neugeborene nicht genug Aufmerksamkeit bekommt, zieht es sich in sich selbst zurück. In ihm setzt sich das Gefühl der Wertlosigkeit fest. Es ist nicht wert, geliebt zu werden! Mit dieser unbewussten Einstellung fühlt sich der erwachsen gewordene Mensch unsicher, schuldig, wertlos, nicht liebenswert. Er ist sich seiner Fähigkeit zu wachsen kaum noch bewusst.

Um zu heilen, muss man lernen, das eigene Leben und die eigene Lebendigkeit zu bejahen. Verlorenes kann man wieder finden und neu entdecken. »Ja« zu sich selbst sagen bedeutet: Ich nehme mein Leben und meine Lebendigkeit an. Wir können das in der Kindheit versäumte Wachstum nachholen. Wir können ausprobieren, erforschen, neugierig sein und spielend lernen. Dabei machen wir Erfahrungen – angenehme und abschreckende – wie ein Kind. Durch diese Erfahrungen wachsen wir und befreien gleichzeitig unsere verschüttete Liebesfähigkeit.

Liebe ist der Wille, das eigene Selbst auszudehnen, um das eigene spirituelle Wachstum zu nähren. Selbstliebe ist kein Gefühl, sondern sie besteht aus vielen kleinen Taten, die das eigene Wachstum fördern. Dazu sind Mut und Arbeit erforderlich. Mut ist oft nötig, um die bisherigen Grenzen zu überschreiten. Arbeit ist immer nötig, um mit Disziplin all die Dinge zu tun, die für das eigene Wohlbefinden notwendig sind. Anstrengungen sind erforderlich, um gegen die eigene Trägheit und Bequemlichkeit anzugehen.

---

[1] Erich Fromm: Die Kunst des Liebens, Deutscher Bücherbund, 1980.

Zeichen der Selbst-Liebe: Fürsorge, Achtung, Verantwortungsgefühl und Erkenntnis. Wer mit sich selbst fürsorglich umgeht und Achtung vor sich hat, trägt zu seiner Heilwerdung bei. Wer nach seinen Erkenntnissen handelt und sich seiner Verantwortung bewusst ist, erwartet das Heil nicht von anderen.

Wer sich selbst wirklich lieben kann, liebt auch andere Menschen. Er geht mit anderen ebenso fürsorglich und achtsam um, wie mit sich selbst. Lieben und Wachsen gehören untrennbar zueinander. Wer sein Wachstum oder das eines anderen unterstützt, ist liebend tätig. Tätige Liebe schafft Lebensfreude, Lebenssinn und macht glücklich.[2]

Hilflosigkeit oder Kontrolle

Jede unkontrollierbare Situation verursacht stärksten Stress und verändert das Gehirn. Schreckliche Ereignisse setzen sich als biologische Erinnerungen im Mandelkern fest. Je persönlicher das Ereignis ist, desto stärker ist die erlebte Hilflosigkeit und desto stärker ist die neurologische Erinnerung des emotionalen Gehirns.

Eine Naturkatastrophe oder ein Krieg richten sich nicht gegen einen persönlich, auch wenn man selbst betroffen ist. Solche Ereignisse hinterlassen meistens nicht so starke Spuren wie persönliche Bedrohungen. Eine körperliche oder seelische Misshandlung ist persönlich. Solche persönlich erlebten Ereignisse schlagen tiefe emotionale Wunden, die viele von uns mit sich herumtragen.

Beim geringsten Anzeichen, dass so ein unkontrolliertes Ereignis sich wiederholen könnte, schlagen die Nervenzellen Alarm und schütten Hormone und Botenstoffe aus. Diese lösen Angst, Hektik, Stress, Wut oder Panik aus. Für die Umwelt sieht es so aus, als ob der Mensch unangemessen oder zu stark reagiert. Doch die Stärke seiner Reaktion steht in direktem Zusammenhang zu dem ursprünglichen Ereignis, nicht zu der Situation jetzt.

---

[2] M. Scott Peck: Der wunderbare Weg, Goldmann Verlag, 1986.

Wer eine Situation nicht kontrollieren kann, fühlt sich zu Recht hilflos. Wer seine biologischen Vorgänge nicht versteht und verändern kann, fühlt sich ebenfalls hilflos. Wer sich hilflos fühlt, wird über alle Massen verletzlich.

Ich bin besonders leicht verletzlich: Wenn ich körperlich oder seelisch geschwächt bin, wenn ich krank oder müde bin, wenn ich mich über- oder unterfordert fühle, wenn ich angespannt oder unsicher bin oder Angst habe, wenn ich mich abhängig oder ausgeliefert fühle, wenn ich mich wertlos fühle, wenn ich enttäuscht, ärgerlich oder traurig bin, und es (vor mir und anderen) verstecke!!!

Wenn ich leicht verletzlich bin, brauche ich behutsame Anteilnahme – zuerst von mir selbst. Wenn ich sie von jemand anderem nicht bekommen kann, brauche ich Ruhe und Distanz, um mich bewusst selbst zu lieben und zu regenerieren. Wenn ich diese Anteilnahme als Kind und in der Vergangenheit nicht erfahren habe, trage ich eine tief sitzende Enttäuschung in mir.

Jeder hat schon in der Kindheit die wiederholte Erfahrung gemacht, dass er nicht so wichtig genommen wurde, wie das für ihn in der entsprechenden Situation notwendig war. Sein Schmerz, seine Trauer, seine Wut, seine Lust auf Nähe und vieles mehr wurden ignoriert, die Gefühle sind aber im emotionalen Gehirn gespeichert.

Der Grund jeder Enttäuschung ist gleich: Ich habe das Gefühl, dass ich für den anderen nicht wichtig bin! Ich zweifle an meinem Wert als Mensch und fühle mich minderwertig. Meistens fühle ich mich schuldig, weil der andere mich nicht wichtig nimmt. Machen wir uns folgendes bewusst: Ich bin nicht die Ursache für das Handeln der Anderen. Ich habe keine schlechte Behandlung verdient – von niemandem! Merksatz: Ich bin unschuldig!

Heilende Offenheit

Traumatisierte Kinder überwinden Angst und Schrecken durch das wiederholte Nachspielen der schrecklichen Ereignisse. Manche Kinder nutzen die Kunst, um sich von alten Wunden zu befreien. Durch die

Beschäftigung mit den schrecklichen Situationen in einer geschützten Umgebung lernt das limbische System um.

Wenn ich meine schwierigen Erlebnisse und Gefühle öfters erzähle, wirkt das ebenso heilend wie das Nachspielen oder Malen. Unsere Träume wiederholen oft die schrecklichen Situationen viele Jahre und sind auch ein Weg zur Heilung. Die Belastungen der Vergangenheit werden bewältigt, wenn wir sie vor uns und anderen nicht verheimlichen, sondern offen damit umgehen. Wir sollten die Dinge beim Namen nennen: Ich habe emotionalen und sexuellen Missbrauch erlebt, ich habe unter Gewalt gelitten, ich litt unter emotionaler Kälte, ich wurde seelisch oder körperlich bedroht, ich litt unter Zwang.

Dann schwinden unsere Angst, unsere Schuld und unsre Gefühle der Wertlosigkeit. Unser Gehirn gewöhnt sich an diese Erkenntnisse und reagiert nicht mehr unangemessen mit Angst und Erregung. Auch die zukunftsbezogenen Ängste können abgebaut werden, wenn wir Situationen durchspielen, vor denen wir uns fürchten.

Wenn ich niemanden habe, mit dem ich offen sprechen kann, ist ein Tagebuch hilfreich. Oder ich schreibe Geschichten von meinen schrecklichen Erlebnissen. Hier liegt auch der Nutzen einer Therapie: dass ich offen in einem geschützten Raum über mich sprechen kann. So gewöhne ich mein Bewusstsein an die Schrecken der Vergangenheit und helfe meinem emotionalen Gehirn beim Umlernen. Gleichzeitig sollte ich Kontakt zu Menschen suchen, die mir zuhören.

Unsere Seele verarbeitet auch in Träumen und Bildern, was sie kränkt. Obwohl schreckliche und beängstigende Träume scheinbar eine Belastung in der Gegenwart sind, gehören sie selbstverständlich zum Heilungsprozess. Durch sie werden schwere seelische Erschütterungen so oft wiederholt, bis sich unser emotionales Gehirn daran gewöhnt hat und der Schrecken abklingt.

Leiden

Ich will nur dann leiden, wenn ich einen Gewinn davon habe. Wenn ich alte Situationen nacherlebe, spüre ich den Schmerz und leide. Danach erkenne ich Zusammenhänge und befreie mich von Täuschungen. So bringt mir der Schmerz Gewinn und ist für mich sinnvoll.

Wenn ich etwas will, ist es nicht so wichtig, wie ich anfange, sondern dass ich anfange. Gefühle der Minderwertigkeit schwinden, wenn ich Verantwortung übernehme. Wenn ich Rücksicht nehme, habe ich Angst, so zu sein, wie ich bin. Das spürt der andere und bekommt auch Angst, so zu sein, wie er ist. Ich empfinde dann, dass er Angst vor mir hat, und halte mich zurück. Ein Kreislauf, den ich ständig wieder durchbreche!

Dankgebet

Meine Gedanken sind bei Dir, Gott. Sie haben endlich Ruhe gefunden. Ich weiß, dass Du nicht nach menschlichen Maßstäben misst. Meine Gefühle und Handlungen verstehst Du. Meine Motive sind Dir bekannt, denn vor Dir ist nichts verborgen.

Das macht mich froh. Jedes menschliche Urteil ist wertlos. Ich habe keine Angst mehr vor Dir. Ich weiß, dass es mir gut gehen darf. Hier und jetzt. Du gibst mir Kraft für jeden neuen Tag. Du hilfst mir, damit ich alles erkenne und verstehe. Aus freien Stücken darf ich in Deinen Ordnungen leben. Ich danke Dir dafür.

Eine andere Dimension 1987

Wir hörten zwei Choräle aus der Matthäus-Passion. Sie gehörten zu seinen Lieblingsstücken. Die Pastorin hielt eine kurze Ansprache. Sie versuchte nicht, uns zu trösten. Aber sie sprach davon, dass wir von Gott unsere Hilfe erwarten sollten. Sie las aus den Psalmen. Die Texte kannte ich zum größten Teil auswendig. Meine Gedanken schweiften etwas ab. Was nutzte die Hilfe Gottes dieser Frau, die plötzlich alleine war und sich herausgerissen fühlte aus einer Partnerschaft, die ihr Halt und Inhalt gegeben hatte?

Dann hörte ich plötzlich wieder die Worte der Pastorin. "Gott braucht die Menschen, denn nur durch sie kann uns die Hilfe Gottes zuteilwerden." Das gefiel mir schon besser. An diesem Morgen waren viele Menschen da, die täglich die Hilfe von anderen in Anspruch nehmen mussten. Sie waren es gewohnt, Hilfe von anderen Menschen zu bekommen. Und auch die Helfer waren da. Sie alle hatten sich eingefunden, um einen Mann zur letzten Ruhe zu geleiten.

Irgendwann hörte ich wieder die Worte der Pastorin. Sie sprach von "einer anderen Dimension" und meine Gedanken wurden von diesen Worten gefangen. Es war wirklich eine andere Dimension, obwohl die Pastorin sicher etwas anderes meinte als ich. Wir trugen einen Mann zu Grabe. Aber dieser Mann war nicht einfach irgendein ganz normaler Mann. Es kam noch eine ganz andere Dimension hinzu.

Schon vor seinem zwanzigsten Lebensjahr traf ihn eine unheimliche und unheilbare Krankheit. Mit der Zeit führte diese Krankheit dazu, dass er bewegungsunfähig wurde. Als ich ihn vor einigen Jahren kennenlernte, saß er schon seit Jahrzehnten im Rollstuhl. Nur seine Hände konnte er – mit viel Geduld und Disziplin – bewegen. Er brauchte morgens Helfer, die ihn anzogen und in den Rollstuhl setzten. Abends musste er zu Bett gebracht werden. Die einfachsten Dinge des Alltags konnte er nicht alleine tun. Selbst essen und trinken konnte er nur mit viel Mühe und auch das manchmal nicht ohne Hilfe.

Trotzdem hatte er einen Beruf gelernt und diesen auch bis nach seinem 60. Lebensjahr ausgeübt. In seinem kranken und hilflosen Körper wohnte ein wacher Geist, der an allem interessiert war. Mit seinen Händen konnte er schreiben und das tat er regelmäßig. Er war viele Jahre Chefredakteur für eine Zeitung. Außerdem organisierte er noch manches andere. Immer setzte er sich für die Belange der Behinderten auf breiter Ebene ein und nie stellte er dabei seine Person in den Mittelpunkt.

Seine bescheidene und liebevolle Art und seine scheinbar übermenschliche Geduld brachten ihm Achtung und Respekt ein. Sein bloßes Dasein ließ die eigenen Probleme ganz schnell klein und nichtig erscheinen. Sein Lebenswille und seine Ausdauer gaben vielen Menschen Mut und Hoffnung. Er war aktiv und nahm teil am Leben. Man konnte spüren, dass er gerne lebte.

Er hatte den Mut, mit einer Frau, die ebenfalls behindert war und im Rollstuhl saß, eine Ehe zu schließen. Sie konnte einiges für ihn tun, was er selbst nicht konnte. Doch in vielen Bereichen ist auch sie auf tägliche

Hilfe angewiesen. Jetzt ist sie alleine. Niemand ist mehr da, dem ihre kleinen Aufmerksamkeiten so viel bedeuten. Niemand, mit dem sie sich so verbunden fühlen kann, wie mit ihrem langjährigen Lebenspartner. Niemand, mit dem sie seelische Nähe so empfinden kann, wie bisher mit ihm. Jetzt beginnt für sie ein Lebensabschnitt mit einer ganz anderen Dimension.

"In Dankbarkeit und Liebe" stand auf der Schleife ihres Kranzes. Ich bin sicher, dass diese Liebe nicht mit dem Tod endet, und ich hoffe und wünsche, dass diese Liebe ihr die Kraft zum Weiterleben nach seinem Vorbild gibt.

Auch ich bin dankbar, dass es diesen Menschen gab. Wir sind uns, trotz seiner starken Behinderung, offen und menschlich begegnet. Ich habe durch diese Begegnung erfahren, dass Leben auch unter stärksten Schwierigkeiten und Einschränkungen lebenswert sein kann, wenn man eine lebensbejahende Einstellung hat.

Mut zur Erneuerung 1991

Nach den Worten von Bernd Merz[3] ist Eugen Drewermann ein Prediger der Gnade und ein Priester der Barmherzigkeit. Er predigt wider die Angst in einer wundervollen, dichterischen Sprache. Verdichtet spricht er Urworte (Karl Rahner), die den Menschen im Herzen erreichen. Es ist mühelos, über Stunden den Worten von Eugen Drewermann zu folgen.

Nach Köln waren 3.500 Menschen gekommen, um Eugen Drewermann zu hören und zu erleben. Sein stilles, bescheidenes Wesen fällt sofort auf. Obwohl er die Macht des Wortes besitzt, ist er in seinem Kampf um mehr Menschlichkeit in der Kirche weder verbittert noch verbissen. Seine klaren Worte sind überzeugend, weil er Menschlichkeit, Wärme und Herzlichkeit ausstrahlt. Das wird besonders deutlich, wenn er beim Signieren seiner Bücher – die Menschen stehen in langen Schlangen und warten – jedem einen Blick in die Augen schenkt. Seine Augen werden lebendig, sobald er sich einem Menschen zuwendet. Alle Routine fällt

---

[3] Redakteur im Evangelischen Rundfunkreferat

von ihm ab, er antwortet sanft und freundlich auf Fragen und findet für jeden das passende Wort.

Eugen Drewermann sprach über die Reformation, um deutlich zu machen, dass sie immer noch nötig ist. Er zeigte Wege auf, wie sie heute in uns und durch uns stattfinden kann.

Die Spaltung der Kirche, die in der Zeit Luthers bewusst wurde, geht auch heute noch wie ein Riss durch die Seele jedes christlich orientierten Menschen. Leben und Lehre verhalten sich zueinander wie Gefühl und Denken und müssen bei jedem Menschen wieder miteinander verbunden werden. Wir müssen die Wahrheit – unsere Wahrheit – in unseren Alltag integriert leben. Das bedeutet, das zu leben, was ich weiß, was ich sehe und was ich brauche. Wenn ich das tue, werde ich wahrhaftig. Das ist nach Eugen Drewermann die Reformation, die wir als Christen so dringend brauchen. Heute geschieht die Reformation in der Kirche durch mutige Menschen, die christliche Menschlichkeit leben. Humanität ist gelebte Nächstenliebe, die den Erfordernissen im Alltag entspricht.

In der Vergangenheit haben die Kirchen den Menschen Angst gemacht. Aber worum geht es in der Religion? Geht es um den Menschen oder um die Macht? Die Kirche baut immer noch Betonbunker, anstatt die frohe Botschaft von Christus zu vermitteln. Die Lehren der Kirche wirken wie eine Bluttransfusion von Ängsten, die in die Herzen der Menschen fließt. Die Institution Kirche ist wie ein blutsaugender Vampir, aber Macht und Geld sind keine Mittel, um Gott zu finden.

Nicht das Christentum ist gescheitert, sondern die Institution der Kirche mit ihrer Hierarchie. Brauchen wir in Zukunft ein autoritäres Christentum oder ein humanes? Gott ist – nach vielen Textstellen in der Bibel – gnädig und gütig. Der Mensch ist von Natur aus frei und moralisch. Der Glaube des Menschen an Gott ist gebunden an die persönliche Existenz Gottes. Dazu braucht es aber keine Vermittler. Gott redet unmittelbar aus dem Herzen der Menschen, nicht durch Vermittler, auch nicht durch die Kirche.

Wir alle sind suchend, keiner hat die Wahrheit gepachtet, weder das Christentum noch eine andere religiöse Institution. Luther in Wittenberg und Drewermann in Köln haben das gleiche Anliegen: eine Reformation im Innen, nicht eine Spaltung im Außen. Diese Reformation soll für den einzelnen Menschen Vertrauen schaffen statt Angst.

Die Kirche macht Angst mit ihrer Lehre von Hölle und ewiger Verdammnis – Gott nimmt sie uns weg. Gott spricht nicht in der Sprache der Gewalt. Er verkündet uns Gnade, Liebe, Akzeptanz und Annahme. Er will Freiheit und Liebe für jeden Menschen. Gott will, dass es mich gibt. Das ist seine Liebe. Er hat mich so gemacht, wie ich bin, mit allen Anlagen und Fähigkeiten.

In dem Gleichnis von der Verteilung der Talente wird deutlich, wie Gott sich den Menschen wünscht. Jeder bekommt bestimmte Gaben. Der eine wendet sie an und der andere nicht. Gott liebt den besonders, der seine Talente anwendet und nutzt. Dabei ist es unwesentlich, ob er damit – nach irdischen Maßstäben – Gewinn oder Verlust macht. Wesentlich ist nur, dass ein Mensch seine Gaben umsetzt in seinem täglichen Leben. Gott belohnt alle, die das tun.

In seiner langjährigen therapeutischen Praxis hat Eugen Drewermann gelernt, den Menschen zu entdecken und zu verstehen, was der Mensch am nötigsten braucht. Die angstmachende Kirche braucht er nicht. Die Kirche umgeht den Menschen mit seinen Bedürfnissen bei der Suche des Lebens. Wenn Wissen und Erfahrung nicht in ständigem Austausch bleiben, entstehen Unsicherheit und Angst.

Strafe ändert Menschen nicht, auch verurteilen hilft nicht. Moral wird durch Dogmen zu Terror und die Menschen werden krank vor Angst. Angst entsteht auch, wenn man hinter seinen persönlichen Fähigkeiten zurückbleibt, wenn man Liebe sieht und sie nicht lebt. Die Flucht vor sich selbst ist nicht notwendig. Niemand muss unter seinem persönlichen Niveau leben. Doch Selbstbestimmung ist ein Reizwort für die Kirche.

Gibt es Schuld? Wer sich selbst nicht lebt, wird an sich selbst schuldig. Freiheit ist eine geistige Leistung und muss erworben werden. Freiheit –

Liebe – Vertrauen, sie müssen wachsen, das Ergebnis ist persönliche Bejahung. Dadurch entstehen Gruppen ohne Angst, ohne Zwang und ohne Gewalt. Hoffen und glauben wachsen aus gelebter Liebe, nicht umgekehrt.

Unterhalb der liebevollen Menschlichkeit findet sich Gott nicht. Gott will unser persönliches Gegenüber sein. Er ist das – und unendlich viel mehr. Nur Liebe heilt. Jeder von uns braucht einen Menschen, der glücklich genug ist, um an den anderen zu glauben. Der gegen alle Angst Brücken der Liebe baut. So kann er die verängstigte und suchende Seele in die himmlische Heimat bringen. Man muss sanft, verständig und gütig mit Menschen reden, um sie zurückzuführen zu sich selbst. Menschen sind nicht böse, wenn sie "böse" handeln; sondern arm und zerrissen. Der Mensch und besonders der in Not befindliche Mensch braucht: aufmerksame Zärtlichkeit, das Gefühl gemocht zu sein, so wie er ist und einfach, weil er ist.

Viele Menschen gleichen einem scheuen Wild, das sich an einem gefährlichen Abgrund befindet. Man kann es vor dem Absturz bewahren, wenn man als Helfer vorsichtig und einfühlsam die Bewegungen des ängstlichen Wesens solange mitmacht, bis es keine Angst mehr vor dem Helfer hat. Erst dann lässt sich das scheue Wild wirklich helfen.

Der Mensch braucht einen Raum, wo es sich leben lässt. Wo Menschen ihn akzeptieren, ohne zu fragen: Was hast Du erlebt? Was stimmt für dich? Wenn wir das Defizit an Vertrauen und Liebe ausgleichen wollen durch Leistung, führt das zu einem Abbau des moralischen Empfindens.

Nur Liebe kann einen Menschen identisch mit sich selbst machen!

Nur mit Liebe lassen sich die Früchte vom Baum der Erkenntnis miteinander pflücken. Gott will ein freies Individuum, das ist ein göttlicher Mensch, ein gottgewollter Mensch. Das Leben des Menschen ist ein einziges Suchen nach einem Leben in Liebe und ohne Angst. Wenn wir uns auf diesem Weg gegenseitig helfen: Das ist echtes Leben und Christentum. Gott geht mich unbedingt etwas an!

Wenn wir dieses menschenwürdige Christentum nach den Kriterien von Eugen Drewermann verwirklichen wollen, dann dürfen wir uns nicht verstecken, dann müssen wir über das sprechen, was uns bewegt und uns anderen Menschen offen so zeigen, wie wir denken und fühlen. Dann dürfen wir uns frei und sicher fühlen, denn Gott hat uns genau so gewollt, wie wir sind – nur ohne Angst. Die Ängste zu überwinden, uns gegenseitig Mut zu machen, miteinander auch schwierige Situationen zu meistern – all das wünsche ich mir und anderen!

Gemeinsam überleben 1993

Am Freitag war auf dem Evangelischen Kirchentag der Tag zur Rettung der Erde. Zum Thema: Gerechtigkeit, Frieden und Bewahrung der Schöpfung sprachen vor über 10.000 Zuhörern im Münchener Olympiastadion seine Heiligkeit der 14. Dalai Lama und Prof. Dr. Carl-Friedrich von Weizsäcker, der ihn eingeladen hatte.

Dalai Lama: Gesund leben, ohne materielle Gier, Mitgefühl für andere Menschen. Die Rettung der Erde ist nur möglich, wenn die großen Religionen zusammenwirken und die nicht religiös gebundenen Menschen ebenfalls mit einbeziehen. Der Dalai Lama wandte sich besonders an die jungen Menschen, auf dessen Schultern die Verantwortung für die Zukunft der Erde liegt. Er sprach davon, dass wir eine wertvolle Intelligenz besitzen, die wir mit Entschlossenheit und Vertrauen einsetzen müssen. Hoffnung und Optimismus sind notwendig, um das gemeinsame Ziel zu erreichen. Die Wichtigkeit der geistigen Dinge wurde besonders betont.

Der Dalai Lama erhielt tosenden Beifall, als er sagte: "Wir sind nicht von Maschinen erzeugt und deswegen können Maschinen auch nicht unsere Bedürfnisse befriedigen." Weiter führte er aus: "Wir Menschen haben Körper und Geist. Der Körper ist leicht zu identifizieren, weil wir ihn sehen. Der Geist wird identifiziert an Gefühlen und Empfindungen. Der Geist ist in uns dominant. Das können wir daran erkennen, dass ein kranker Körper, in dem ein ruhiger Geist wohnt, trotzdem glücklich sein kann. Die Krankheit kann den Menschen nicht überwinden. Aber ein gesunder Körper mit einem innewohnenden unruhigen Geist kann keinen inneren Frieden erleben.

Religionen haben zwar eine große Bedeutung für die Ruhe des Geistes, aber leider sind durch Religionen auch immer wieder Kriege entstanden. Es ist wichtig, allen Religionen Respekt zu zollen. Das geschieht durch Kennenlernen und durch den Dialog. Verstehen, Toleranz und Vergebung werden von allen Religionen gefordert. Wir müssen miteinander sprechen und auch andere Religionen selbst erfahren. Für mich ist Buddhismus das Beste, aber nicht für jeden. Es gibt viele Menschen mit vielen Einstellungen und es ist wichtig, dass es eine Vielzahl von Religionen gibt, um die Bedürfnisse der Menschen abzudecken.

Im Buddhismus ist die Motivation ein wichtiger Faktor. Um in dieser Zeit leben zu können, brauchen wir Hoffnung und Entschlossenheit. Der Mensch kann mit Verstand seine Motive entwickeln. Gerechtigkeit, Frieden und Wahrheit stehen in enger Verbindung und es ist der Zweck des Lebens, die Erfahrung von Glück zu machen. Um Glück zu erfahren, braucht der Mensch drei Dinge: 1. den Körper, 2. materielle Güter und 3. Freunde und Begleiter. Es gibt kein unabhängiges Glück, sondern es wird immer erlebt in Bezug zum Körper, zu materiellen Gütern und zu anderen Menschen. Gerechtigkeit, Friede und Integrität (Verbundenheit) muss erlebt werden, um Glück zu empfinden.

Gerechtigkeit für den Körper wird erreicht, wenn durch entsprechende Lebensweise alle Teile des Körpers im Gleichgewicht, sind. Gesund leben ist Gerechtigkeit für den Körper. Ein gesunder Körper ohne gute materielle Umstände (Geld) lässt den Menschen unglücklich sein. Gesundheit und Geld ohne Freunde und Bekannte lässt den Menschen kein Glück erleben, sondern macht ihn einsam. Wir leben von dem Bezug zu anderen. Harmonisch können wir nur leben durch echte Zuneigung, Erbarmen und Mitgefühl.

Frieden ist ohne Motivation des Erbarmens und der Zuneigung nicht möglich. Wer aus Hass (Motiv) eine scheinbar gute Tat tut, schafft Gewalt statt Frieden. Es ist die Natur des Menschen, sanft und gutherzig zu sein. Zuneigung, Ruhe und Liebe halten den Menschen am Leben. Ärger und Hass machen ihn krank. Der Mensch kann wohl ohne Religion leben, nicht aber ohne Zuneigung und Liebe. Der Mensch ist frei von

Religion bei seiner Geburt, er ist nicht auf sie angewiesen oder gar von ihr abhängig. Aber auf Zuneigung und Liebe kann er nicht verzichten. Liebe entscheidet über das Glück des Menschen und jeder hat ein Potential von Liebe und Zuneigung in sich.

Integrität (Verbundenheit) beinhaltet eine ganzheitliche Auffassung. In einem Geist sind viele Meinungen, daraus entsteht eine notwendige Spannung. Doch der Verstand findet die Linie für eine gute Entscheidung, das ist Entwicklung und Fortschritt. Das Wohl des Einzelnen muss kurzfristig und weitreichend ebenso berücksichtigt werden wie das Gesamtwohl, denn beide sind nicht voneinander zu trennen."

Prof. Dr. Carl-Friedrich von Weizsäcker fragt: Hört die Welt noch, was kirchliche Versammlungen sagen? Was soll in Zukunft geschehen? Gespräche zwischen den Kulturen und Religionen sind notwendig.

Was ist die überlieferte Aufgabe der Weltreligionen? Jede Religion ist Träger einer Kultur, sie liefert eine radikale Ethik, bietet innere Erfahrungen und Theologie. Nach der goldenen Regel: Was du nicht willst das man dir tu, das füg auch keinem andren zu! oder dem Text aus der Bibel: Liebe deinen Nächsten wie dich selbst! sollten wir handeln. Das stille Gebet und gemeinsame Meditation gehören zu allgemeinen religiösen Grunderfahrungen.

Prof. Dr. Carl-Friedrich von Weizsäcker zitierte den Dalai Lama mit einem Wort Buddhas: "Wenn deine Einsicht meiner Lehre widerspricht, sollst du deiner Einsicht folgen!" und: "Die Meditation geschieht um des Wohles aller Wesen willen." Die höchsten Stufen innerer Erfahrung öffnen uns einer gemeinsamen Arbeit.

Was ist die Aufgabe der Religionen heute? Gerechtigkeit und Friede schaffen, um die Wirklichkeit zu bewahren. Friede zwischen Natur und Mensch bedeutet auch die Überwindung von Krieg. Jeder Krieg ist ein Identitätsproblem. Von den Ländern des Nordens ist ein Schuldenerlass für die Länder des Südens gefordert, damit Frieden überhaupt möglich wird.

Wie können die Aufgaben die Religionen reifen lassen? Selbstgerechtigkeit ist die tiefste Gefahr für die Ethik. Kultur und Religion sind unvollendet. Die Technik hat zu viel Macht. Wenn die Ethik in den Menschen nicht ebenso wächst und reift wie die Technik in unserem Jahrhundert, ist die Katastrophe der Menschheit gewiss. Wir sollen uns weder vager Hoffnung noch vager Verzweiflung hingeben: Wir sollen arbeiten!

Christ oder Buddhist

Nachmittags dachte ich: Ich bin Christ. Nach einer Diskussion am Abend dachte ich: Ich bin kein Christ. Am anderen Tag – beim Dalai Lama – hörte ich vieles, was mir bekannt ist und was mich ansprach und ich fühlte mich als Buddhist. Heute würde ich am ehesten sagen: Ich bin ohne Religion, aber nicht ohne Glauben.

Kirchliche Trauung 1994

Schweigen – wie kann ich es ein für alle Mal beenden? Kann ich das überhaupt? In mir ist ein großes Entsetzen, aber ich kann weder weinen noch schreien. Ich weiß nicht einmal, ob ich es in Worte fassen kann, die mich wirklich befreien.

Der Schock sitzt tief in meinen Knochen und mein Körper reagiert deutlich. Nachdem ich vorgestern das Aufleben eines uralten Schocks erlebte, war ich gestern krank. Mein Rücken war schrecklich verspannt, mein Herz war belastet, mein Kreislauf schwach und ich spürte deutlich, dass etwas in mir steckte, was nicht hochkam.

Gestern Abend, kurz nach dem Einschlafen – ich war zuvor gründlich eingerenkt und behandelt worden – wurde ich wieder wach und plötzlich stand es hell und klar vor mir. Die kirchliche Trauung am Samstag war es, die den Schock in mir wiederbelebt hatte. Es muss schon passiert sein, als wir vor der Kirche standen, denn da sagte meine Tochter auf einmal: 'Du siehst ja ganz blass aus, ist Dir nicht gut?'

Nein, mir war nicht gut. Ich hatte ein schreckliches Brennen im Magen und ich fühlte mich fürchterlich elend. Warum? Ich weiß es nicht genau, doch mir schien alles so leer und hohl. Wir waren schon da, hatten den Bräutigam begrüßt und meinen Enkel, der Blumen streuen sollte, in seiner schicken Kleidung bewundert. Einige Leute standen wartend herum, bis das Auto mit der Braut kam. Sie war beschäftigt mit dem weißen Kleid, mit dem Schleier und mit dem Begrüßen der Gäste.

Etwas in mir verkrampfte sich, als ich ihr zusah. Es schien mir alles so 'normal' zu sein. Nichts fühlte sich schön an, obwohl die Braut reizend aussah und sich auch wirklich freute über ihren großen Tag. Alles drum herum kam mir banal, trist und ohne Inhalt vor.

Ich riss mich innerlich am Riemen, machte mir bewusst, dass ich hier war, um meiner Tochter beizustehen. Sie empfand es auch alles trostlos. Aber in der Kirche wurde es noch wesentlich schlimmer. Der Priester war jung, redete und hielt sich einfach an seine Zeremonie. Alles lief wie am Schnürchen, nur meine Tochter und ich warfen uns zwischendurch Blicke mit verdrehten Augen zu. Ich dachte öfters: 'Der versteht nichts von dem, was er da sagt. Der weiß nicht, wie man das lebt. Alles klingt so auswendig gelernt und so leer.'

Ich musste meine Tränen mit Gewalt zurückhalten. Meine inneren Schreie blieben stumm, als ich mit Entsetzen erkannte, dass ich bis zu meinem zweiunddreißigsten Lebensjahr leeren Lehren und hohlen Regeln geglaubt hatte. Ich hatte das – damals in der kleinen christlichen Gemeinschaft – ernst genommen, hatte mit ganzem Herzen daran geglaubt. Und ich hatte selbstverständlich geglaubt, dass jeder, der sich so einer Gemeinschaft anschließt, auch mit ganzem Herzen daran glaubt!

Während ich jetzt am Ritual teilnahm, machte ich mir bewusst, dass es nur ein Ritual war. Ich konnte mich innerlich distanzieren, nahm Abstand und blieb doch dabei. Und plötzlich erschlug mich die Erkenntnis, welche Macht die Sekte lange Zeit über mein Leben hatte – und sicher nicht nur über meines! Diese anmaßende Ungeheuerlichkeit raubt mir noch jetzt den Atem! Ich möchte schreien und schweige, weil ich nicht die passenden Worte für mein Entsetzen finde ...

Innerlich entferne ich mich aus meiner uralt eingeübten Position. Mit mir könnt ihr das nicht mehr machen. Ich habe euch durchschaut. Ich brauche weder Kirche, Gemeinschaft noch Gott, um glücklich zu sein. Nein, Gott auch nicht. Er ist doch nur eine Erfindung von Menschen, um andere Menschen zu unterdrücken. Und noch mehr: Er ist eine Erfindung von Männern. Mit diesem Gott will ich nichts mehr zu tun haben.

Ich glaube an mich und an das Leben. Ich glaube – trotz allem – an das Gute im Menschen und an seine Selbstheilungskräfte. Ich vertraue nicht auf eine imaginäre Macht, sondern auf das, was ich denke, fühle und wahrnehme. Ich vertraue mir ... immer mehr, immer fester und immer sicherer.

Nach der Kirche ging ich schnell zum Auto und fuhr in den Wald. Tränen und Schluchzer wollten sich aus meiner Kehle befreien. Doch als ich die frische Luft atmete und einige Schritte lief, kippte in mir ein Schalter um: Die sind es nicht wert, dass ich weine und schluchze. Ich vergeude meine Zeit nicht mit Trauern, sondern wende mich nach vorne. Es ist vorbei, Gott und alle seine Diener haben keine Macht mehr über mich. Ich bin frei!

Vor meinen Füßen wuchsen Storchenschnabel und Veilchen. Ich ging zum Wagen, holte Tüte und Schaufel und grub einige für meinen Garten aus. Meine Hände wühlten in der Erde und ich fühlte, dass ich lebe, dass ich lebendig bin und spüren kann. Belustigt blickte ich auf meine dreckigen Hände ... was interessieren mich schon Gott und Kirche, Normen und Regeln?

Seit damals freue ich mich an den Nachkommen dieser Pflanzen in meinem Garten. Wenn ich sie anschaue, erinnere ich mich und spüre, wie viel ich gewachsen bin.

Organspende 1996

Seit Wochen geistert das Thema ‚Organspende in Indien' durch die Medien. Dabei spenden gesunde indische Menschen eine ihrer Nieren für einen Patienten, der hier in Deutschland von der ständigen Dialyse abhängig ist und meistens noch einige Jahre auf eine geeignete Spenderniere warten muss. Auch aus den östlichen Ländern gibt es inzwischen Angebote für Nieren von lebenden Menschen. Bei einer Nieren-Transplantation müssen viele Tests gemacht werden. Nicht nur die Blutgruppe muss stimmen zwischen Spender und Empfänger sondern noch vieles andere muss im Vorfeld abgeklärt werden. Nur so ist gewährleistet, dass die Spenderniere nicht abgestoßen wird vom Patienten. Die gesunden Menschen, die eine ihrer Nieren verkaufen, tun das überwiegend wohl aus wirtschaftlichen Gründen. Sie können sich und ihre Familie mit einigen Tausend Dollar lange Zeit ernähren oder sich sogar eine sichere Existenz aufbauen. Da in Indien immer noch viele Menschen verhungern, ist das ein echter Grund für so einen Schritt.

Jetzt wird hier im reichen Westen diskutiert und lamentiert über Recht und Unrecht dieser Praxis. Es wird moralisch und ethisch argumentiert. Aber die Argumente werden von den Gegnern sehr einseitig und viel zu kurz gefasst. Da heißt es: ‚Man weiß ja, dass die Organspender in Indien arm sind und deswegen kann man nicht von einer freiwilligen Spende sprechen. Sie tun es, weil sie in großer materieller Not stecken'. Es stimmt, dass die Menschen in Indien arm sind. Doch ihnen deswegen persönliches Entscheidungsvermögen abzusprechen, empfinde ich als diskriminierend. Noch in diesem Jahrhundert haben – durch die beiden Weltkriege – europäische Menschen vieler Nationen ‚der Not gehorchend' schwierigste Entscheidungen treffen müssen. Waren diese Menschen auch nicht entscheidungsfähig?

Das hört sich ja schon bald so an, als ob man den Menschen in aller Welt die aus Not handeln, die Mündigkeit abspricht. Das ist eine anmaßende Bewertung, die wir uns nur leisten können, solange wir auf der Sonnenseite des Lebens stehen und nicht zur ‚Dritten Welt' gehören. Es wird von Ethik gesprochen und von Moral und dann wird argumentiert: ‚Man darf die Not eines Menschen nicht ausbeuten!' Das ist doch wirklich himmelschreiend! Ist denn all diesen Schönrednern nicht bewusst, dass es uns nur so gut geht, weil alle Industrienationen andere Nationen seit langer Zeit ausbeuten?

In der Dritten Welt wird billig produziert. Für Hungerlöhne arbeiten dort nicht nur Erwachsene sondern auch Kinder. Ist das keine Ausbeutung? Auch den Billig-Tourismus können wir uns nur leisten, weil es anderen Menschen auf dieser Welt schlecht geht.

Unsere medizinische Versorgung ist wesentlich besser, als die für die meisten Menschen der Erde. Ist das gerecht? Ist das moralisch und ethisch begründet? Oder liegt es einfach nur daran, dass wir uns das ‚kaufen' können?

Unsere Ernährung ist so reichhaltig, dass bei uns die meisten Krankheiten aus Über- und Fehlernährung entstehen. In der Dritten Welt hungern die Menschen. Ist das ethisch? Ist es gerecht, dass die Menschen dort unsere Nahrungs- und Genussmittel – wie Reis, Tabak, Kaffee, Tee und vieles mehr – produzieren und selbst hungern?

Wem außer mir gehört mein Körper? Ich kann mit ihm machen, was ich will. Ich kann ihn mit Arbeit, Drogen und Fehlernährung langsam umbringen. Oder ich kann ein Organ spenden. Es ist beides meine Entscheidung, zu der ich das Recht habe. Wir sollten nicht mit zweierlei Maß messen, denn das ist unmenschlich, unchristlich, unmoralisch und keinesfalls ethisch!

Sehnsucht

Ich möchte durch dieses Leben tanzen. Die Geschmeidigkeit meiner Muskeln spüren und die Spannung. Tanzen, beschwingt und leicht von einem Ort zum anderen; mit Musik in den Adern und Freude im Herzen. Die Menschen umarmen, ihnen nahekommen, mich entfernen. Spielerisch leben, ernst, aber nicht tragisch sein. Ehrlich, aber nicht zwingend sein. Lebendig fließend, bewegt, aber nicht unruhig sein. Mich aus meiner Mitte heraus bewegen und bewegen lassen. Berühren und berührt werden. Spüren, was angemessen ist, ohne nachzudenken. Ohne Diskussion und Auseinandersetzungen. Wissend um die Vielfalt des Lebens und mich an ihr freuend. Teilnehmend an allem, spürend, empfindend, fühlend.

Morgens, wenn ich aufstehe, möchte ich fröhlich sein. Ich habe ein Lied im Kopf, das ich vor mich hinsumme. Fröhlich beginne ich den Tag mit seinen kleinen Pflichten. Spielerisch bewege ich mich von einem Ort zum anderen und von einer Tätigkeit zur anderen. Nicht kämpfend, sondern handelnd. Nicht schwer und pflichterfüllt, sondern voll Vergnügen. Die Menschen um mich herum tanzen auch durch ihr Leben. Sie sind ebenso spielerisch und lassen sich von nichts bedrängen. Wir sind vergnügt und freuen uns an dem, was uns begegnet. Ich öffne meine Augen und konzentriere mich auf alles, was ich an Schönem sehe. Bäume und Blumen sind schön. Sonne und Regen sind schön. Alles Lebendige ist schön, selbst dann, wenn es uns gerade hässlich erscheint. Ich liebe das Leben und bewege mich dankbar durch meine Tage. Ich unterdrücke meine Lebendigkeit nicht und spüre meinen Körper. Ich öffne mich dem Leben und lasse seine Kraft durch mich hindurchfließen. Ich öffne mich den Menschen, damit ich sie wahrnehmen kann. Ich lasse Andere teilnehmen an mir und meinen Empfindungen. Ich gebe meine Freude weiter und konzentriere mich auf die Dynamik meines Lebens. Ich beschäftige mich gedanklich ebenfalls mit lebendigen Dingen. Ich spreche über schöne Erfahrungen und teile meine Erlebnisse mit. Ich bin offen und lerne ständig etwas dazu. Es ist nicht so wichtig, was ich lerne, sondern dass ich etwas lerne, was mich noch lebendiger sein lässt. Ich fördere meine Vielseitigkeit und ermuntere Andere, das Gleiche zu tun. Ich lasse mir genug Zeit, um die schönen Dinge in innerer Ruhe zu betrachten. Hektik und Stress haben keinen Platz in meinem Leben. Doch ich gebe meinen spontanen Einfällen und Eingebungen nach. Ich spüre, was mir Freude macht, und tue, was mir wohl tut. So löse ich bei anderen Freude und Wohlbefinden aus. Menschen sind gerne mit mir zusammen.

Ich tanze mit den Kindern, sobald sie laufen können. Unsere Arme tanzen ebenso wie unsere Beine. Unser Körper bewegt sich nach seinen Bedürfnissen und tanzt. Es gibt keine Regeln, keine Formen, sondern nur Bewegung, die sich frei entfaltet. Im Kindergarten und in der Schule wird jeden Tag getanzt. Auch am Arbeitsplatz gibt es Tanzpausen. Ich tanze mit meinen Nachbarn. Ich tanze mit meinen Freunden und Bekannten. Ich tanze mit meinen Kindern und Verwandten. Wir ziehen die Schuhe aus, um den Boden zu fühlen. Wir befreien uns von enger Kleidung, um frei atmen zu können. Wir tanzen und spüren, dass wir leben. Wir machen mit allem Musik, was uns in die Hände gerät. Wir trommeln und klimpern, zupfen und schlagen. Wir summen, singen und pfeifen. Es kann nichts falsch sein, solange es Spaß macht und uns wohl tut.

Weil wir Freude überzeugend leben, breitet sie sich flächendeckend aus. Weil wir glücklich sind, machen wir Andere glücklich. Wir teilen unsre materiellen Güter selbstverständlich mit denen, die noch Mangel haben. Dabei empfinden wir Freude und Dankbarkeit über unseren inneren und äußeren Reichtum. Sorgen und Leid weichen zurück, denn Freude und Fülle machen gesund und glücklich. Wir feiern viele Feste, auf denen wir unsere Freude tanzend und singend zum Ausdruck bringen. Wir tanzen beschwingt und erfüllt durch dieses Leben. Wir lieben das Leben und unsere Lebendigkeit reißt immer mehr Menschen mit. Tanzend, spielerisch, beschwingt und voll Zuneigung bewegen wir uns durch unsere Tage und sind glücklich.

Zuhause

Ein Platz am Tisch, im Bett, im Herzen.
Zuhause:
Verständnis für Ängste, für Nöte, für Schmerzen.
Zuhause:
Ein Ort mit Wärme, mit Nähe, mit Liebe.
Zuhause:
Empfindung von Freude, von Lust, von Trieben.
Zuhause:
Ein Raum für dich, für mich, für uns zwei
Zuhause:
Geborgenheit, Ruhe, Vertrauen – alles dabei.